AF397751

Was tun mit einer Leiche im Wohnmobil? Wie wird man sie schnell und unbürokratisch los? Maxi beschließt ihr Leben in Italien zu beenden – inmitten des Verkehrstrubels und der sommerlichen Hitze von Ancona.
Eine echte Herausforderung für eine junge Familie, die eigentlich nur ein Ziel hat – endlich nach Hause!

Hilfe, unser Hund stirbt in Italien

Nach einer wahren Begebenheit

Bibliografische Information der Deutschen Nationalbibliothek:
Die Deutsche Nationalbibliothek verzeichnet diese Publikation in der Deutschen Nationalbibliografie, detaillierte bibliografische Daten sind im Internet über dnb.dnb.de abrufbar.

TWENTYSIX – Der Self-Publishing-Verlag

Eine Kooperation zwischen der Verlagsgruppe Random House und BoD – Books on Demand

Herstellung und Verlag:

BoD – Books on Demand, Norderstedt

ISBN: 9783740717230

**In liebevollem Gedenken an Maxi
*31.10.1993,
† 23.06.2006 in Italien**

Ronald, ich glaub Maxi ist tot", raunte ich meinem Mann zu, der am Steuer unseres Wohnmobils saß. Nur ja nicht zu laut , damit unsere Tochter nichts davon mitbekommt. Sie sitzt fröhlich in ihrem Kindersitz und direkt unter ihr ist vor ein paar Minuten unsere 12 Jahre alte Boxerhündin gestorben. Und man selbst, ganz Mama, darf sich ja nichts anmerken lassen. Früher hätte ich geschrien, geweint, gejammert und mich ganz meiner Trauer hingegeben, aber heute mit Kind reißt man sich eben zusammen! Oh Mann! Joelle ist zweieinhalb Jahre alt, quietschvergnügt nach einem herrlichen Urlaub in Griechenland und möchte nur, dass ich ihr die lange Heimfahrt quer durch Italien verkürze, ihr vorlese und sie mit Süßigkeiten verwöhne. Sie würde diese Situation, so bizarr sie auch wirklich ist, gar nicht verstehen. Und ehrlich gesagt, kann ich –kindgerechte Erklärungen- zum Thema Alt, Krankheit und Tod im Moment nicht gebrauchen. Warum nur gerade jetzt, kurz vor unserem Ziel – Zuhause. Sie hätte doch wirklich noch ein paar Tage warten können. Morgen wäre alles viel einfacher gewesen.

Und so fuhren wir dahin auf einer italienischen Autobahn: Ronald stumm am Steuer unseres LMC Wohnmobils, Joelle futternd am Tisch auf ihrem Kindersitz, ich neben Joelle vorlesend und unter dem Tisch ein toter Hund. Was für ein Stillleben!

Meine Gedanken rasten durch den Kopf. Wir mussten uns irgendetwas einfallen lassen. Was macht man mit einem toten Hund mitten in Italien, in der größten Mittagshitze, im Wohnmobil und dann noch auf der Autobahn. Was ist, wenn wir in eine Polizeikontrolle geraten und eine Leiche im Auto mitführen. Selbst in Italien wollte ich DAS nicht erklären müssen, geschweige denn in der Schweiz. Wir mussten einen Plan machen…
Noch lag der Hund ja gut unterm Tisch, aber allzu lange konnten wir nicht warten. Die Hitze war mit Sicherheit nicht förderlich für eine Leiche.
Keinesfalls wollten wir über die Schweizer Grenze mit einem toten Hund im Gepäck. Also, was nun? Wir hatten uns das immer schon mal ausgedacht, wie es sein wird, wenn Maxi mal stirbt. Da sie lange Jahre unser Kindersatz war und wir einen wirklich engen Bezug zu ihr hatten, wollten wir sie in unserem Garten, in dem sie immer so schön gespielt hatte, beerdigen. Ganz hinten in der Ecke, wo die Büsche am dichtesten waren, wollten wir ein großes Loch für sie graben und einen großen Oleander darauf pflanzen, in Erinnerung

an unsere schöne Zeit und schönen Urlaube mit ihr. Und nun sollte alles anders kommen.

Dabei war uns eigentlich schon vor Abreise klar, dass es ein Risiko bedeutet, wenn wir Maxi mitnehmen.

Aber da wir schon 2 Jahre unsere Reise nach Griechenland verschoben hatten, nachdem wir von dem schwachen Herz unseres Hundes erfahren hatten, gab uns sogar der Tierarzt für dieses Jahr grünes Licht. „Die Hündin kann auch noch 15 werden", meinte er und nickte zustimmend, als wir von unseren Urlaubsplänen berichteten. Also gut, dachten wir, gehen wir eben das Risiko ein. Wir waren vorher schon ein paar Mal mit dem Wohnmobil in Griechenland, auch schon mit Maxi, allerdings war sie da noch jung und vor allem fit. Wir planten unseren Urlaub für Ende Mai, da es dann noch nicht ganz so heiß werden würde. Wir hatten an alles gedacht. In der Woche vor unserer Abreise gingen wir noch einmal zum Tierarzt, um wirklich ganz sicher zu sein, dass wir alles richtig machten. Wieder versicherte er uns, dass Maxi noch locker 15 werden könnte und wir ruhig fahren sollten. Er deckte uns mit Herzmedikamenten ein und gut war es. Mein Vater hatte noch einen Klappspaten im Keller, den wir wohlweißlich mitnahmen. Jeder zuhause lachte uns aus, wenn wir erzählten, dass wir den Klappspaten mitnehmen falls

der Hund sterben sollte, aber so Unrecht hatten wir damit gar nicht, obwohl er nicht so recht zum Einsatz kommen sollte…

Wir fuhren an einem regnerischen Tag zuhause los und freuten uns auf die Sonne Griechenlands. In Italien angekommen, war das Wetter deutlich besser, die Sonne schien. Die Überfahrt mit der Fähre von Ancona nach Patras verlief ohne große Probleme. Maxi war wie ausgewechselt. Ich glaube, sie freute sich einfach, dass sie mitkommen durfte. Schon zuhause als wir das Wohnmobil zum Beladen in die Einfahrt stellten, war sie in Sorge, ob sie mitdurfte oder nicht. Sie ließ die Terrassentür mit Blick auf unser Auto nicht mehr aus den Augen. Sie lag mitten im Wohnzimmer und egal wie oft man sie anrempelte, wenn man voll beladen an ihr vorbei musste, sie bewegte sich nicht. Sie beobachtete genau was wir einpackten und als endlich ihr Hundefutter und ihre Decke an der Reihe waren, war sie nicht mehr zu bremsen und verlagerte ihren Standort ins Wohnmobil, denn sie merkte, dass es bald losgehen sollte. Sie lag wie ein Stein unterm Tisch und rührte sich nicht. Ronald musste sie abends unterm Tisch hervorziehen, den sturen Esel. Tags drauf, als wir endlich losfuhren, war sie die erste im Auto. Also gut, dachten wir, sie will es ja selbst auch so und wir schoben alle Zweifel beiseite.

In Patras angekommen, nahmen wir den direkten Weg nach Killini, um uns dort auf einem Campingplatz direkt am Meer erst einmal zu erholen. Von der Arbeit, unserem Alltag, der Überfahrt, einfach von allem. Unser Alltag war beruflich und auch privat meistens derart mit Terminen vollgestopft, dass wir unseren Urlaub als absolute Oase der Ruhe herbeisehnten. Unser letzter Urlaub lag vier Monate zurück, eine Woche Holland über Ostern. Dieser war auch sehr schön und erholsam, aber drei Wochen am Stück waren da mit Sicherheit wirksamer.

Wir bekamen einen Platz direkt am Strand in der Nähe der Bar gelegen, allerdings nur für 4 Tage, da er dann anderweitig reserviert war. Ingrid und Peter, so hießen unsere „Nachmieter" hatten ein eigenes Holzschild, das auf unserem Platz auf uns wartete. „Reserved for Ingrid and Peter" stand darauf. Spießiger ging es nun auch nicht mehr. Aber was soll's, wir waren in der Vorsaison gefahren und mussten uns auch an die Urlauber in dieser Saison gewöhnen und uns anpassen. Es gab wenige Familien mit Kindern, höchstens so wie wir vereinzelt mit kleinem Kind, was noch nicht zur Schule ging. Ansonsten überwiegend Rentner, die unserem furchtbaren Winter den Rücken gekehrt hatten und die Sonne Griechenlands genossen. Recht hatten sie und Zeit ohnehin. Allerdings gingen uns die immer wiederkehrenden Fragen schnell auf die Nerven. Vor allem weil es nicht um uns ging sondern lediglich als Selbstdarstellung diente, um die eigene Wichtigkeit zur Schau zu stellen. Wie zum Beispiel: „ Wie lang bleibt ihr denn in Griechenland?" Bei dieser Frage ging es nie um echtes Interesse an uns und unseren Urlauben. Nein, diese Frage wurde nur gestellt, damit man dann mit einer Gegenfrage antwortete: „Drei Wochen, und ihr?" Jetzt kamen sie alle in Fahrt, veränderten ihre Körperhaltung, der Gesichtsausdruck änderte sich

merklich, wenn dann zur Antwort kommt: „Ach nur drei Wochen? Wir sind ja schon seit 8 Wochen hier und bleiben auch noch weitere 6 Wochen…“ So nach dem Motto: Ihr armen kleinen Wichte, nur drei Wochen, wie armselig…. Danach riss die Unterhaltung jäh ab, denn unsere Gegenüber hatten ja „alles Wichtige“ mitgeteilt und den Rest interessierte sie ja nicht weiter. Wir hätten auch direkt wieder abreisen können, das spielte für unsere „Rentner-Nachbarn“ keine Rolle mehr.

Schnell merkten wir, dass dieser Platz wohl für bekannte und beliebte Dauercamper reserviert war, denn ständig kamen Leute und guckten um unser Auto herum, ob wir wohl die besagten Camper „Ingrid und Peter“ waren. Mit einem kurzen Blick auf uns drehten sie sich wieder um und verließen enttäuscht unseren Platz. Also es reichte nicht aus, dass wir „nur“ drei Wochen bleiben, nun waren wir auch noch die „falschen“ Camper. Na prima!

Nachdem wir uns die ersten vier Tage als vermeintliche „Ingrid und Peter" in Killini erholt hatten, reisten wir weiter. Es war eine herrliche Fahrt an einem kühlen Morgen. Maxi war die meiste Zeit fit und wir waren guter Dinge.

Wir fuhren vier Stunden über den Taygetos-Pass, bis wir unser nächstes Etappenziel erreicht hatten – Githio.

Ein kleines Hafenstädtchen, wunderschön gelegen, am Lakonischen Golf im Süden der Peloponnes. Der Campingplatz liegt leider etwas außerhalb, so dass man abends nicht mal eben in den Ort laufen kann.

Man muss dort schon motorisiert sein oder in guter Kondition, um mit dem Fahrrad den doch recht hügeligen Weg zu bewältigen. Mit einem Boot wäre es natürlich auch kein Problem.

Wir waren Ende der neunziger Jahre zum letzten Mal in Githio und hatten damals einen Roller dabei. Da wir im August dort waren und es so richtig heiß war, verzichteten wir auch meistens auf einen Helm. Was vielleicht in Anbetracht der Hitze vertretbar, aber ansonsten recht gefährlich war. Am letzten Tag unseres damaligen Aufenthalts wollten wir in der Stadt noch ein paar Souvenirs kaufen und fuhren los. Bekleidet in Shorts und Trägertop, Sonnenbrille und Flipflops. Nach der zweiten Kurve hatte ich das Gefühl, als ob der Roller sich selbständig machen würde. Ich saß hinter Ronald, hielt mich an ihm fest und auch er merkte wohl, dass etwas nicht stimmte, denn er rutschte vor mir hin und her und versuchte wohl, die Schwankung auszugleichen. Später fragte er mich, warum ich mich in der Kurve auf die falsche Seite gelegt hätte. Das hatte ich zwar nicht getan, aber genauso fühlte es sich auch für mich an, als ob Ronald die Seiten vertauscht hätte. Wie sollte es dann auch anders kommen. Auf einmal rutschte der Roller ganz auf die Seite und wir flogen in hohem Bogen durch die Luft. Welche Gedanken in einem solchen Moment durch den Kopf geistern, ist unvorstellbar. Ich spürte körperlich rein gar nichts, sah mich als dritte Person

stürzen und dachte immer nur: „ Mama hat immer gesagt, Kopf hoch wenn du fällst, damit du dir nicht den Kopf aufschlägst!" Witzig, an was man sich doch alles erinnert wenn es ernst wird. Ich versuchte also meinen Kopf nach oben zu halten, so wie Mama es mir beigebracht hatte.

Wir kamen dann neben der Straße zu Fall und der Roller sauste noch gute fünfzig Meter die Straße entlang. Ronald und ich sprangen auf die Beine und schauten uns erst mal nur ungläubig an. „Was war das denn? Alles okay bei dir?" Ronald schaute mich besorgt von oben bis unten an. Meine Beine waren beide aufgeschürft, meine Schulter wies einen dicken Bluterguss auf und etwas Warmes tropfte an meiner rechten Schläfe hinunter. Trotz aller Vorkehrungen und eindringlicher Warnungen meiner Mutter doch den Kopf nach oben zu halten, muss ich wohl für einen Moment nicht genügend Kraft gehabt haben und mit dem Kopf auf den Boden geknallt sein. Ich konnte mich jedenfalls nicht erinnern. Ich fand ein Taschentuch und tupfte das Blut ab. Ronald hatte ebenfalls Prellungen an Bein und Ellbogen und eine Schnittverletzung am linken Fuß. Wir liefen zum Roller, der –oh Wunder- fast unversehrt war und fuhren mit zittrigen Beinen in die Stadt zum nächsten Health-Center. Dort wurde ich dann von einer sehr netten Ärztin versorgt, meine Schläfe wurde genäht, meine Beine verbunden und wir bekamen ein Antibiotikum.

Zurück zum Campingplatz fuhren wir dann mit dem Taxi, den Roller holte Ronald später mit unserem Freund Andreas, der zusammen mit seiner Familie mit uns in Griechenland unterwegs war, ab. Dies war meine letzte Rollerfahrt als Beifahrer für eine sehr lange Zeit.

Es war jetzt Anfang Juni und es wurde somit immer wärmer und wärmer. Meistens blieb Maxi den ganzen Tag im Schatten unseres Wohnmobils am Campingplatz einfach liegen und döste. Sie war schon immer brav und unkompliziert gewesen. Jeder konnte sie streicheln und wurde über kurz oder lang ihr Freund.

Nach ein paar Tagen in Githio merkten wir, dass Maxi immer mehr abbaute. Die Wärme machte ihr zu schaffen, sie wollte nur noch schnell Pipi und Häufchen machen und dann rasch wieder in den Schatten und dösen. So richtig heiß war es Gott sei Dank noch nicht. Sie, die sonst immer lange schlafen hatte, eigentlich noch länger als wir, fiepste plötzlich jeden Morgen so gegen 5 Uhr und wollte raus. Ronald stand dann meistens auf und drehte eine kleine Runde mit ihr. Das war schon neu für uns, aber wir wussten ja, dass so was auf uns zukommen könnte.

An einem Morgen, ca. eine Woche vor unserer Abreise von Githio nach Patras zum Hafen, gab dann den ersten Zwischenfall mit ihr. So gegen 08.00 Uhr war ich wach und wollte in der noch kühlen Morgenluft ein kleines Ründchen mit Maxi drehen. Also gingen wir los, quer über den Campingplatz, den man sich so vorstellen muss, dass die Wohnmobile, Wohnwagen und der kleine Lebensmittelladen samt Kneipe im Kreis um einen großen Platz in der Mitte angeordnet waren. Wir gingen leise an den Autos entlang, da es zum Aufstehen im Urlaub doch noch recht früh war. Ein kleines Stückchen am Strand entlang, natürlich auf befestigtem Weg, da Maxi sich ja nicht überanstrengen sollte. Sie freute sich, schnappte sich sogar einen Stock, den sie ein kleines Weilchen mit sich herumtrug. Wie herrlich, dachte ich, so kann es bleiben. Was hatte sie früher immer Spaß am Stöckchen werfen! Ich erinnere mich noch gut daran, als wir vor Jahren über Silvester in Südfrankreich waren, hatte sie zu Beginn eines 4stündigen Spazierganges einen Stock im Maul und als wir wieder zurück waren immer noch denselben. Auch konnte sie gut Fußballspielen, aber nur, wenn sie einen Stock im Maul hatte, damit sie den Ball nicht mit dem Maul nehmen konnte. So hat sie dann immer –Stock im Maul- den Ball mit der Pfote hin und her geschossen. Echt zu witzig!

Na jedenfalls sind wir auf dem Rückweg unseres Strandspazierganges zurück zum Wohnmobil. Plötzlich aus heiterem Himmel, ohne jegliche Vorwarnung, fällt Maxi auf einmal um, liegt auf der Seite und atmet nicht mehr. Du lieber Himmel, ich war erst total erschrocken, aber dann dachte ich, okay, dann ist eben jetzt der Zeitpunkt gekommen. So soll es dann sein, nach einem schönen Spaziergang in aller Ruhe, ohne Stress. Sie hatte ja ihr Alter erreicht, so viel erlebt, es durfte einfach sein. Soweit so gut. Der Nachteil an dieser Situation war allerdings, dass wir uns mitten auf dem Platz befanden, wo uns jeder sehen konnte wie auf einem Präsentierteller. Da ich keinen Aufstand machen wollte, versuchte ich, sie hochzuheben. Leider erfolglos. Ich bin weiß Gott nicht schmächtig, aber vom Boden einen 25 kg schweren leblosen Hund hochzubringen, war für mich ein Ding der Unmöglichkeit. Was nun??? Rufen konnte und wollte ich nicht. Unser Wohnmobil stand, in diesem Falle „leider", in einer der hintersten Ecken und ich hätte schreien müssen, wenn Ronald mich hätte hören wollen. Maxi alleine lassen wollte ich in diesem Moment auch nicht, obwohl ich keine Lebenszeichen von ihr wahrnahm. Mann oh Mann, was eine Aufregung am frühen Morgen.

Zu allem Überfluss oder erst dachte ich, was ein Glück, kam Joelle angerannt. „Mama, Mama", rief sie schon von weitem. „Da seid ihr ja endlich wieder". „Maxi, Maxi, was liegst du denn da. Komm steh auf". Na das konnte ich ja auf keinen Fall jetzt gebrauchen. Ich überlegte: „Hör zu Joelle, du läufst jetzt schnell zu Papa und sagst ihm, er soll mal schnell herkommen. Ja, machst du das mein Schatz?"

„Ach Mami, ich bleib lieber bei dir". „Bitte geh doch kurz mal, ich komme auch direkt nach". „Nein, ich will

nicht. Ich bleib bei Dir" und schon setzte Joelle sich neben Maxi, streichelte sie und guckte mich keck an. Super, dachte ich, besser kann es ja nicht kommen. Nun sollte sie einmal hören und, nichts klappte.

„Guten Morgen, kann ich vielleicht helfen? Ist was passiert?", fragte Jürgen, ein Surfer, den wir einen Tag zuvor mit seiner Frau und seinem Sohn kennengelernt hatten. Wir vermuteten sofort, dass er vielleicht Arzt wäre, sich aber nicht zu erkennen gab, um nicht unnötige Gespräche rund ums Thema Krankheit führen zu müssen. Ich kann das gut verstehen, ich kenne selbst einen Arzt, der immer schon recht zeitig zur Arbeit in unserer Klinik fährt und wenn ihn jemand auf seinen Beruf anspricht, sagt er immer: „Ich bin Bäcker". Immer in Weiß gekleidet und früh auf den Beinen- kann hinhauen.

Jedenfalls waren Jürgen und seine Frau sehr nett und wir verbrachten einen netten Tag am Strand. Ihr kleiner Sohn, ungefähr in Joelles Alter, allerdings fast einen Kopf kleiner, spielte mit Joelle im Sand und so konnten wir den Tag noch mehr genießen.

Jürgen also steht nun vor mir mit nacktem Oberkörper und in Shorts, noch total verschlafen und will mir also helfen.

„Guten Morgen, ja du könntest mir helfen. Könntest du bitte zu Ronald ans Wohnmobil gehen und ihm sagen, er soll mal kurz herkommen. Unser Hund ist gerade gestorben!" Er wurde ganz blass, wusste erst gar nicht

wo er hingucken sollte. Wohl doch kein Arzt, was? Aber ich glaube, er war nur auf meine Antwort nicht gefasst gewesen und auf meine Stimme, die sich wohl absolut nüchtern und gefühlsarm angehört hatte, aber als Mutter hat man ja gelernt, in allen Situationen, sollten sie noch so schwierig, schlimm, aberwitzig oder schmerzhaft sein, immer erst zusagen: „ Alles ist gut, schschsch, ist nichts passiert!" und dann auch so zu tun, als wenn nichts passiert wäre, auch wenn mal sich z. B. einen Nagel durch die Hand gehauen hätte. „Kein Problem, mein Kind, alles wird gut. Tut auch gar nicht weh…." Da wird man als Frau auch ganz schön ins kalte Wasser geworfen. Plötzlich ist man Mutter und darf seinen Gefühlen nicht mehr freien Lauf lassen. Na super!

Ich weiß noch, als Joelle anderthalb war und sie im Wohnzimmer mit einem Steckpuzzle gespielt hat. Ich war unten im Wäschekeller die Wäsche am Aufhängen und höre nur einen Schrei, allerdings von Ronald und nicht von Joelle und danach natürlich lautes Kinderweinen. Zwei Stufen auf einmal nehmend rannte ich die Treppe hinauf, schon mit der Gewissheit, hier ist bestimmt was schlimmes passiert. Ronald steht im Wohnzimmer mit Joelle auf dem Arm und zeigt immer wieder auf ihr Gesicht und dann auf eins der Steckpuzzleteile. „ Sie ist von der Couch gefallen und, stell dir mal vor, direkt mit dem Gesicht auf dieses Puzzleteil. Du lieber Gott, ich hab vielleicht …."

„ Ist ja gut", versuchte ich erstmal Joelle zu trösten," ist nicht so schlimm.."

„Es ist überhaupt nicht gut", schrie Ronald.

„Schschsch, nichts passiert, alles ist gut, Mama ist ja da", versuchte ich es weiter, aber Ronald war unerbittlich: „ Überhaupt nichts ist gut. Kannst du dir vorstellen wie das ist, wenn dein Kind dich anguckt und da steckt so ein Teil mitten im Gesicht fest!"

„Jaaaa, ich weiß, ich will sie doch nur erst mal beruhigen. So, Schatz, dann zeig mal dein Gesicht. Komm, wir gehen ins Bad." Joelle hatte aufgehört zu weinen, schniefte noch ein wenig, wurde aber ersichtlich ruhiger.

„Mann, Mann, Mann, was da hätte alles passieren…………..".

„Ist doch jetzt mal gut, HERR GOTT NOCH EINMAL", raunzte ich ihn an, „können wir das nicht gleich besprechen, ich will es mir erst mal angucken".

„So, meine Süße, jetzt lass mal gucken. Siehste, ist doch gar nicht so schlimm"

„Ist ja wohl schlimm, guck doch mal, ist ein richtiges Lock in der Wange, blutet sogar!" Ronald war außer Rand und Band und ich am Rande des Wahnsinns.

„Maaaamaaaaa, blutet, blutet, aua aua aua", jammerte Joelle.

„Ja, ich sehe, dass es blutet. Bist du nun zufrieden? Ich will doch erst mal das Kind beruhigen!". Du meine Güte, ich hätte auch am liebsten geschrien und vor

Wut über so einen Unfall geweint, aber, wie schon gesagt: Mutter! Keine Zeit für eigene Gefühle, wenn es um das Wohl der Kinder geht!
Es ging noch eine Weile hin und her, aber am Ende waren wir uns einig, dass wir ins Krankenhaus müssen, damit es genäht oder geklammert werden kann. Eine Narbe, die wir eventuell verschuldet hätten, weil wir nicht zum Arzt gefahren sind, wollten wir nicht riskieren. Wir fuhren dann ins Krankenhaus und Joelle bekam ein Klammerpflaster. Allerdings ist trotz allem eine Narbe geblieben.

„Eh ja, okay", stotterte Jürgen, „ich hole Ronald". Er rannte davon, sichtlich irritiert. Maxi lag immer noch leblos auf der Seite, Joelle sprang aufgeregt neben ihr auf und ab und verstand gar nicht, warum wir nicht weitergingen. „Komm schon, Matzi, steh auf, nicht schlafen, los Matzi", versuchte sie den Hund zu locken, aber nichts half.
Warum dauerte es eigentlich so lange bis Ronald kam. Er müsste doch eigentlich schon längst wach sein und bestimmt auch schon angezogen. Ah, da tat sich was in unserem Wohnmobil. Ich sah Ronald wild gestikulierend hin und herrennen. Das kann ihn doch jetzt nicht wirklich so aus der Bahn geworfen haben? Natürlich ist es schlimm und wenn alles vorbei ist, werde ich auch meine Zeit zum Trauern haben, aber jetzt gilt doch erst mal handeln und sonst nichts. Er ist

doch sonst nicht so der Gefühlsmensch. Was ich zu diesem Zeitpunkt nicht wusste, war, dass Ronald schon aufgestanden war und Frühstück machen wollte. Da wir im Wohnmobil den Kaffee noch aufbrühen, wollte Ronald gerade das kochende Wasser in den Filter gießen, als Jürgen nach ihm gerufen hatte. Ronald erschreckte sich wohl in dem Moment und der Kaffeefilter samt Pulverkaffee fiel von der Kaffeekanne herunter und verteilte sich im gesamten vorderen Bereich des Wohnmobils. Da es beim Campen nicht so leicht ist, mal eben schnell etwas aufzusaugen, kann man sich vorstellen, wie man sich dann bei so etwas fühlt. Ronald war kurz vorm Platzen. Und dann auch noch die Hiobsbotschaft, die Jürgen ihm mitteilte…

Endlich kam er. Mit schnellen Schritten und hochrotem Kopf. Er kann sich doch jetzt nicht allen Ernstes auch noch darüber ärgern, dass der Hund das Zeitliche gesegnet hatte. Du liebe Güte.

„Ich glaub, der Hund ist gestorben. Sie ist einfach umgefallen und rührt sich nicht mehr", versuchte ich die Situation etwas zu neutralisieren. „Ich konnte sie alleine nicht tragen, zu zweit wird es gehen."

Ronald kniete sich vor Maxi, streichelte ihr über den Kopf und flüsterte: „Ach du arme Maus. Jetzt hast du es geschafft"!

Plötzlich ging eine Welle durch Maxis Körper, kaum sichtbar zwar, aber da. Ein Ohr zuckte, als sie Ronalds Stimme hörte, sie schnaufte, und hob den Kopf.

Das war ja der reinste Wahnsinn. Von den Toten auferstanden, alleine durch die Stimme des Herrchens. Irre!

Sie bleib noch einen Moment liegen, Joelle überglücklich, dass es gleich weitergehen würde, ich auf der einen Seite erleichtert, dass Maxi noch lebte, andererseits aber auch merkwürdiger Stimmung, da ich ja vor wenigen Augenblicken eigentlich schon Abschied genommen hatte und alles so friedlich war. Von dem ungünstigen Sterbeort mal abgesehen. Echt merkwürdig.

Kurze Zeit später stand Maxi wieder auf allen 4 Pfoten und ging langsam neben Ronald her zum Wohnmobil. Dort legte sie sich in den Schatten und blieb dort bis zum Abend liegen.

Wir hatten erstmal alle Hände voll zu tun, unser Wohnmobil nach dem morgendlichen Spektakel wieder sauber und Kaffeesatzrein zu bekommen. Maxi war dies allerdings schnurzegal. Sie schnarchte und interessierte sich für nichts mehr.

An diesem Tag starb unser Hund zum ersten Mal!

Den ganzen Tag fühlten wir uns irgendwie komisch. Auf der einen Seite waren wir froh, dass Maxi noch lebte, auf der anderen Seite wäre alles so herrlich friedlich abgelaufen. Sie hätte nicht leiden müssen, einfach umfallen und tot sein. Ist ja nicht die schlechteste Variante.

Hier in Griechenland, in dem kleinen Örtchen Githio, wo wir schon viele schöne Urlaube verlebt hatten, hätten wir auch bestimmt eine Möglichkeit des Beerdigens gefunden. Vielleicht hätte uns der Campingplatzbesitzer geholfen oder wenigstens vielleicht jemanden gewusst, der uns geholfen hätte. Vielleicht den Schwager des Bruders des Cousin von der Tante des Arbeitskollegen…. Aber, es sollte wohl nicht sein.

Nun hatten wir also einen langen Heimweg vor uns, immer mit dem Hintergedanken, dass sich diese Szene wiederholen könnte, im härtesten Fall auf der Fähre nach Italien. Mit einem toten Hund auf der Fähre mit Übernachtung. Diese Situation wollte ich mir aber auch nicht weiter ausmalen. Dort gab es ja überhaupt keine Ausweichmöglichkeit.

Die letzten beiden Urlaubstage in Githio verliefen ruhig und friedlich. Es wurde zwar von Tag zu Tag wärmer, aber Maxi schien gut drauf zu sein. Sie machte morgens früh ihre kleine Runde mit Ronald und blieb dann bis nachmittags faul im Schatten liegen. Sie wedelte mit ihrem kleinen Stummelschwanz wenn wir von Strand zurückkamen, aber sprang nicht mehr gleich auf um uns zu begrüßen. Es war gut so, dass sie sich schonte, denn wir hatten uns zum Ziel gemacht, sie heil wieder mit nach Hause zu nehmen.

Zwei Tage später brachen wir dann in Githio unsere Zelte ab und fuhren Richtung Patras. Wir hatten noch einen Tag Zeit, dann sollte unsere Fähre nach Hause gehen. Kurz vor Patras wollten wir übernachten, was aber hieß, dass wir vorher über den Taygetos-Pass fahren mussten, was sehr kurvenreich und holprig war. Zudem kletterte das Thermometer munter auf 30 Grad und das schon um 10.00 Uhr morgens. Maxi machte die Hitze ganz schön zu schaffen. Sie hechelte unterm Tisch und ihr Brustkorb pumpte unentwegt auf und ab. Sie tat mir so leid, aber trotz alledem mussten wir da durch. Wir mussten den Weg tagsüber zurücklegen, denn der Pass war recht tückisch. Enge Kurven und Steine auf der Straße waren nur zwei der möglichen Hindernisse. Für uns war die Fahrt eigentlich ein freudiges Abenteuer, denn es gab immer viel zu sehen. Wir fuhren durch kleine Bergdörfer, wo man ab und zu auch noch Leute sah, die auf einem Esel ritten, was Joelle natürlich ganz toll fand. Auch konnte es passieren, dass plötzlich Ziegen auf der Straße standen, am liebsten direkt hinter einer Kurve. Das war dann besonders „spaßig". Maxi tat mir unendlich leid. In einem Moment lag sie, kurz darauf stand sie wieder und versuchte das Gleichgewicht zu halten. Dann schaffte sie es kaum sich auf den Beinen zu halten und setzte sich. Wenn zwischendurch mal eine kurze gerade Strecke kam, versuchte ich, ihr etwas Wasser zu geben oder sie einfach zu beruhigen, in dem ich

mich zu ihr setzte und sie streichelte. Dankbar nahm sie es an.

Nach guten zwei Stunden hatten wir endlich den Pass hinter uns gelassen und fuhren auf der Autobahn. Hier war die Luft zwar immer noch stickig, aber das gleichmäßige Fahren beruhigte unseren Hund doch sehr. Sie lag jetzt ruhig auf ihrer Decke und atmete weniger heftig.
Wieder ein Hindernis überwunden!

Wir übernachteten in der Nähe von Patras auf einem Campingplatz ganz idyllisch in einem Pinienwäldchen gelegen. Hier war es trotz der großen Hitze am Tag doch relativ kühl und zu Maxi´s großem Glück gab es hier auch Rasen, nicht ganz so üppig, aber für die hier herrschende Trockenheit doch reichlich. Sie legte sich dankbar unter unser Wohnmobil ins Gras und akklimatisierte sich so langsam. Für den Rest des Tages hatten wir nicht mehr viel geplant, wir wollten noch etwas essen gehen und dann früh schlafen gehen, da wir am nächsten Tag auf unser Schiff wollten. Hier gab es eine Taverne mit Blick auf´s Meer, die Ronald bei seinem Rundgang erspäht hatte. Außerdem verfügte sie über einen Fernseher, der permanent lief, da die Fußballweltmeisterschaft während unserer Urlaubszeit stattfand.

In Killini konnten wir nur mit großer Mühe ein Spiel unserer deutschen Mannschaft verfolgen, da sich etliche Fans um einen kleinen Fernseher in der Bar drängten.

In Githio war es etwas besser. Hier stand ein Fernseher mitten in der Taverne auf dem Campingplatz. Alle Nationen, die hier vertreten waren, fieberten für ihre Mannschaften und so herrschte bei jedem Spiel ein lustiges buntgemischtes Treiben und wir hatten jedes Mal einen netten Abend mit anschließendem Fachsimpeln.

Ich drehte mit Maxi abends noch eine kleine Runde und wir ließen sie dann am Wohnmobil zurück mit dem guten Gefühl, dass sie zufrieden war.

Ronald blieb nach dem Essen noch und ich ging mit Joelle zurück zum Wohnmobil.

Alles friedlich, Maxi schlief. Wir schlichen uns leise an und Joelle hatte Spaß daran, da Maxi tatsächlich nichts hörte und die Augen fest geschlossen hielt. Wir öffneten sachte die Tür und schlüpften ins Auto. Maxi wurde nicht wach. Toller Wachhund, dachte ich. Aber gut, sie sieht ja wenigstens ein bisschen furchteinflößend aus mit ihrer Größe. Nachdem ich Joelle ins Bett gebracht hatte, schenkte ich mir ein Glas Rotwein ein und stieg aus dem Wohnmobil. Maxi hob ein Augenlid und kurze Zeit später das zweite. Erst jetzt war sie wach geworden. Ein tiefer Hunde-Schlaf. Aber, sie hatte sich es auch verdient und verpasst hatte sie sowieso nichts. Ich nahm mir einen Stuhl und setzte mich ganz nah an sie heran. Sie stand auf, schmiegte sich an mein Bein und so schmusten wir eine ganze Weile, ohne von irgendjemand gestört zu werden. Zwischendurch setzte sie sich, achtete aber immer darauf mit mir in Körperkontakt zu bleiben.

Wenn das unser letzter Abend wäre, wäre es ein schöner Abschied, dachte ich und Tränen traten mir in die Augen. Wir genossen die Stille und nur meine

Hand, die Maxi unaufhörlich kraulte und streichelte bewegte sich. So verbrachten wir eine ganze Stunde in völliger Eintracht mit der Welt.

Wieder ein Abschied, der keiner werden sollte. So langsam bekam ich ein Gefühl dafür. Wenn man solche Situationen in Gedanken durchspielt, verlaufen sie ja meist anders als in der Realität und auch wenn man in diesen Dingen „ungeübter" ist, machen sie einem mehr zu schaffen, als wenn man immer mal wieder damit konfrontiert wird. Also war ich mittlerweile ein „alter Hase" im Abschiednehmen!

Auf der Fähre war soweit alles gut. Auf dem Wasser war es nicht mehr so heiß, das Meer war ruhig. Wir hatten eine gute Überfahrt, nette Nachbarn, mit denen wir noch ein Glas Wein am Abend vor unseren Wohnmobilen genossen und gingen zeitig schlafen. Am nächsten Tag lag eine große Etappe unserer Rückreise vor uns, quer durch Italien bis hinter den Sankt Gotthard wollten wir kommen. Wir schliefen gut in dieser Nacht auf der Fähre.

Am nächsten Morgen waren wir fit und ausgeschlafen, selbst Maxi wirkte erfrischt. Während wir frühstückten, konnte man schon das Festland sehen. Unser Zeitplan schien aufzugehen. Wir ließen Maxi zwischen zwei LKW´s schnell Pipi machen und machten uns abfahrbereit.

Griechenland liegt nun hinter uns, dachten wir noch so, jetzt nehmen wir Maxi auch wieder mit nach Deutschland. Wir fuhren vom Schiff runter, durch den Hafen und dann die Anhöhe hinauf Richtung Autobahn. Am ersten Kreisel las ich noch das Schild „Clinique Veterinario" und dachte, dass wir die nun nicht mehr brauchen, guckte liebevoll unter den Tisch und sehe, wie Maxi wackelnd steht, alle Haare am Rücken nach oben aufgerichtet, wie eine Bürste. Sie sieht mich fragend an mit ihren großen braunen Augen und sackt dann in sich zusammen. Im ersten Moment dachte ich allerdings noch, dass sie durch die kurvenreiche Strecke etwas plumper gefallen ist, als sie sich hinlegen wollte. Aber als ich kurze Zeit später nachsah, rührte sich nichts mehr. Ich beobachtete angestrengt, ob ich einen Herzschlag sehen kann, fühlte dann auch, aber nichts bewegte sich. Nur durch das Ruckeln des Autos konnte man meinen, dass sie leicht zuckte. Die Zunge hing aus dem Maul und entleert hatte sie sich auch.

Jetzt war es also doch passiert. Alle Bemühungen, sie doch noch heil mit nach Hause zu nehmen – gescheitert. Was nun? Diese Frage beschäftigte nicht nur mich, denn immer, wenn ich nach vorne zu Ronald sah, blickte er mir ernst und fragend im Rückspiegel entgegen.

Ich las und las, Laura´s Stern bestimmt 4x hintereinander, dann noch das Buch „Das Geheimnis der verschwunden Milch", was ich mittlerweile auswendig konnte. Zwischendurch haben wir gesungen, Fingerspiele gemacht und diverses Obst gegessen. Joelle wollte und wollte nicht einschlafen. Es war der Wurm drin. Sonst war sie nicht so. Ich musste sie manchmal schon zu Hause auf dem kurzen Weg zum Supermarkt wach halten, damit sie nicht für 2 Minuten ein Nickerchen machte und jetzt, wie verhext! I

Ronald fuhr stur vor sich hin, sprach nicht und hing seinen Gedanken nach. Da Geduld noch nie meine Stärke war, verlangte diese Situation für mich jetzt alles ab. Ich musste ruhig bleiben, beruhigend auf Joelle einwirken, damit sie nicht noch aufgedrehter wurde und hätte mich am liebsten nach vorne zu Ronald gesetzt um zu besprechen wie wir weiter vorgehen sollen.

Immer wieder fiel mein Blick unter den Tisch, diesmal allerdings in der Hoffnung, dass sie sich wieder bewegen würde und sich alles in Luft auflöst. Aber nein, diesmal hatte sie ernst gemacht! Sie war zum „zweiten Mal „ gestorben!

Nach einer guten halben Stunde war Joelle dann endlich eingeschlafen. Gott sei Dank! Jetzt konnte ich mich nach vorne neben Ronald setzen und unsere

Lage betrachten und eine Lösung sichten. Hoffentlich….

„Ist sie wirklich tot?" war das erste, was Ronald fragte.

„Ja, sie zuckt sich nicht mehr, kein Herzschlag mehr, die Zunge hängt raus und sie hat sich komplett entleert. Alle Kriterien sprechen dafür."

„Oh Mann!"

„Ja, echt krass, dachte, sie würde noch bis zuhause durchhalten, wo sie die Hitze zum Schluss noch so gut gemeistert hat. Was machen wir denn jetzt? Können wir sie mit nach Hause nehmen? Wir wollten sie doch im Garten begraben!"

„Nein, auf gar keinen Fall fahre ich mit einem toten Hund über die Schweizer Grenze", regte Ronald sich auf, „nachher müssen wir da noch Rede und Antwort stehen, warum wir einen toten Hund über die Grenze mitnehmen. Kommt überhaupt nicht in Frage."

„Du hast ja Recht, aber was machen wir denn jetzt. Dann müssen wir sie wohl irgendwo hier in Italien begraben. Herrje, gerade Italien, wo du ja so gar kein Freund davon bist".

„Echt Mist, ausgerechnet Italien. Hat Maxi mir doch noch einen Strich durch die Rechnung gemacht, die alte Ziege", meckerte er, was allerdings liebevoll gemeint war.

Ronald ist kein Fan von Italien. Das gibt er auch offen zu. Er fährt gerne durch, wenn sein Ziel Griechenland

heißt, aber alles andere sieht er eher kritisch. Er mag Frankreich und wir sind davon überzeugt, dass man nur das eine oder andere Land lieben kann. Ronald glaubt, dass er aus der Kindheit noch ein Trauma hat, weil er mit seiner Mutter und seiner kleineren Schwester Urlaub an der Adria gemacht hat, die in jenem Sommer total veralgt und quallenverseucht war. Fast alle Geschwister seiner Mutter waren und sind große Italienfans, waren mindestens einmal im Jahr dort, allerdings immer am gleichen Ort, was seine Abneigung nur bestärkte.

Da ich als Kind auch ein paar Mal in Italien war, ebenso an der Adria und in der der Nähe von Ancona, wo unsere Fähre abfährt, hatte und habe ich ein ganz anderes Bild von Italien. Ich war gerne dort, empfand die Menschen als sehr nett und auch das Essen als sehr lecker. Meine Familie und ich wohnten immer in einem kleinen Hotel, hatten Vollpension und einen kurzen Weg zum Strand. Wir fühlten uns dort immer sehr wohl. So kam es, dass ich vor einem unserer Griechenlandurlaube bat, dass wir einen Tag länger in Italien blieben und den Ort meiner Kindheitserinnerungen aufsuchten. Mein Motto lautet eigentlich immer: -Hüte dich, wenn deine Wünsche in Erfüllung gehen…- und fast war es auch so. Es gab nichts, was Ronald recht war, alles war nur schwer zu ertragen bis unmöglich.

Wir fuhren so, dass wir noch eine Übernachtung mehr in Italien hatten, bevor die Fähre nach Griechenland ablegen sollte. Ich freute mich auf die kleine Stadt, hatte so gar keine richtige Vorstellung von dem, was mich dort erwartete, war aber einfach glücklich, dass ich mich trotz vieler Worte durchgesetzt hatte. Mit dem Übernachtungsplatz hatten wir Glück, richtig schick mit Rasen. Damals konnte Ronald darüber nicht meckern, später behauptete er, es war kein richtiger Rasen. War ja klar! Natürlich war der Platz begrenzt, der Stellplatz auch nicht übermäßig groß, aber für eine Nacht doch sicher kein Problem.

Abends gingen wir ins Städtchen und suchten das Hotel. Es sah alles so anders aus als vor dreißig Jahren. Ich hatte ein wenig Angst, dass ich mich nicht mehr wirklich erinnern konnte und unsere Fahrt umsonst war. Das hätte ich mir dann sicherlich noch Monate anhören können…

Doch auf einmal kam mir die Straße bekannt vor und da war auch das Hotel. Ich erkannte es zwar nur am Namen, aber als ich hineinging, kam mir alles bekannt vor und ich fühlte mich wie fünf oder sechs Jahre alt. Direkt kam eine Frau auf mich zu und fragte, ob sie mir helfen könne. Ich erzählte ihr, dass ich als Kind hier war und lange Urlaube hier verbracht hätte. Sie war sehr nett, bot mir Kaffee an, den ich dankend ablehnte, da Ronald nicht mit hinein kommen wollte und draußen auf mich wartete. Ich nahm noch ein Prospekt

für zuhause mit und verabschiedete mich. Ronald wartete schon ungeduldig vor der Tür, ging mit Maxi auf und ab. Er hatte für seine Begriffe schon genug Italien verspürt. Aber ich wollte weiter, wenn wir schon einmal hier waren. Ich spürte, dass ich diese Chance nutzen musste, denn hier würden wir sicherlich nie wieder herkommen, solange ich Ronald an meiner Seite hatte. An der Ecke gab es einen Eissalon, den ich ansteuerte, weil es doch noch recht warm war und ich Lust auf ein Eis hatte. Ich brauche ja nicht zu sagen, dass Ronald sich nach reiflicher Überlegung dann auch ein Eis gekauft hat, das ihm aber überhaupt nicht geschmeckt hat. War auch klar….

So gab ich dann nach und wir kehrten zurück, setzten uns auf unsere Campingstühle vor unser Wohnmobil, genossen (natürlich!) französischen Rotwein, die warme Abendluft, freuten uns auf die morgige Überfahrt und Ronald war dankbar, dass er so „glimpflich" davon gekommen war. Hier werde ich noch einmal hinkommen, schwor ich mir damals, allerdings in anderer Begleitung.

Maxi war ursprünglich Ronalds Hund. Er hatte sich von seiner Frau getrennt, als Maxi ungefähr 3 Jahre alt war. Die beiden hatten damals 2 Hunde. Eine Boxer und einen Schnauzer. Da es in einer kinderlosen Ehe mit den Hunden im Prinzip das Gleiche ist, als wenn man Kinder hat, mussten die Hunde auch aufgeteilt werden. Da Maxi schon immer mehr Ronalds Hund war, zog sie selbstverständlich mit in die neue „Junggesellenbude". Ronald konnte sie mit ins Büro nehmen. So war sie tagsüber auch nie lange alleine und es ging ihr als „Scheidungskind" eigentlich immer gut. Dann lernten wir uns kennen und da ich Hunde schon immer sehr mochte, wurden wir schnell beste Freundinnen. Sie konnte sich immer so herrlich freuen, wenn man auch nur für fünf Minuten den Raum verließ und wiederkam. Da wackelte der ganze Hund hin und her und das Schwänzchen wedelte ununterbrochen.

Einmal hatte ich sie aus Ronalds Büro abgeholt. Wir kannten uns noch nicht so lange, vielleicht 2 Wochen. Maxi kam unter dem Schreibtisch hervorgekrochen, total verschlafen, aber sobald sie mich erkannt hatte, war sie hellwach und freute sich total. „Mit dem ganzen Körper freuen" haben wir das immer genannt, da der ganze Hund sich schlangenförmig bewegte. Ronald meinte, ich könnte doch schon zu ihm nach Hause fahren und Maxi mitnehmen. Ich freute mich, dass ich ein bisschen Zeit mit ihr alleine verbringen konnte. Wir

waren echt wie zwei Verbündete, zu allen Schandtaten bereit.

„ Du kannst sie ruhig auch schon füttern. Sie hat heute noch nichts gefressen".

„Alles klar, wo steht denn ihr Futter?" Ronald grinste nur und sagte: "Das wird sie dir schon zeigen. Vertrau ihr ruhig". Ich war gespannt. Wir fuhren also in Ronalds Wohnung. Dort angekommen sprang Maxi schon aus dem Auto und rannte Richtung Tür. Aha, sie hat bestimmt Hunger, dachte ich. Ich hatte kaum die Tür aufgeschlossen, rannte sie in den Flur, blieb vor ihrem Napf stehen und sah mich an. Alles klar, hier war schon mal der Napf, also weiter. Sie flitzte um die Ecke Richtung Küche und schnüffelte aufgeregt an der Schranktür unter der Spüle. Dort war also ihr Futter. Kluger Hund! Noch besser kam es allerdings, als ich ihren Napf zur Hälfte mit Trockenfutter füllte und meinte, dass es so genug wäre. Sie steckte den Kopf in die Schüssel, zog ihn wieder zurück und starrte mich an nach dem Motto: Reicht noch nicht, zu wenig! Ich dachte, ich spinne, aber Maxi blieb stur und wartete bis ich noch ein bisschen Futter aufgefüllt hatte, erst dann fraß sie. Unglaublich, dachte ich, dieser Hund, einfach genial.

So wurden wir tagtäglich mehr ein Team und als ich dann nach ein paar Monaten zu Ronald und Maxi zog, gab es doch so manchen Konkurrenzkampf zwischen den beiden, was den Platz neben mir anging oder die

Streicheleinheiten, die ich zu vergeben hatte. Wenn Ronald und ich uns umarmten, drängelte sie sich liebevoll dazwischen. So standen wir dann manches Mal engumschlungen mit einem Hund zwischen unseren Beinen. Zum Schießen! Auch später, als Joelle geboren wurde, lag Maxi neben mir auf dem Sofa meiner Eltern. Rechts stillte ich mein Kind und links lag Maxis Kopf auf meinem Schoß und wollte gestreichelt werden.

Da Boxer eine tolle Mimik haben, konnte man bei ihr jede Gefühlsregung im Gesicht sehen. Wenn Ronald mit ihr schimpfte, dann blies sie die Backen auf und schnaufte, als ob sie sagen wollte: „Mein Gott, jetzt stell dich mal nicht so an du Depp". Und da man ein paar Jahre später hätte denken können, dass ich den Hund mit in die Beziehung gebracht habe, dachte Ronald nun, dass sie ihm zum Schluss noch mal eins ausgewischt hatte, in dem sie dachte: „ Ich sterbe mal besser in Italien, da kann der sich noch mal so richtig ärgern".

Obwohl man sich jetzt eigentlich wundern müsste, warum sie ein paar Tage zuvor in Griechenland wieder „auferstanden" war, nachdem Ronald zu ihr gesprochen hatte. Seltsam, oder vielleicht von langer Pfote eingefädelt???

„Also, mein Plan wäre folgender: Ich fahre gleich von der Autobahn ab und wir suchen eine Stelle, wo wir sie begraben können. Zum Glück haben wir ja den

Klappspaten von deinem Vater mit. War doch gar nicht so unschlau, oder?"

„ Das stimmt. Und alle haben gelacht, als wir den eingepackt haben. Das hätte doch auf die letzten Meter auch nicht mehr passieren müssen."

„Tanja, nimm dir mal die Karte und guck mal nach der nächsten Abfahrt, wo wir da rauskommen. Das wird uns jetzt ein paar Stunden Zeit kosten."

Ich und Kartenlesen. Da prallen Welten aufeinander. Aber im Anbetracht der ernsten Situation wollte ich mein Bestes geben. „Wo sind wir denn jetzt genau?"

„Wir sind in der Nähe von Faenza. Dies müsste die nächste Abfahrt sein. Jetzt falte doch erstmal die Karte etwas kleiner, damit du nicht so ein Riesenteil auf dem Schoß hast." Ronald klang gereizt. Aber ich konnte mir schon denken, dass er bereits ahnte, was unausweichlich war. Dass ich überhaupt keine Ahnung hatte, wo wir waren, noch würde ich irgendetwas auf der Karte finden.

Genau so war es vor ein paar Jahren, als wir nach Münster fahren wollten. Dort wohnen Ronalds Tante und Onkel. Kurz vor Iserlohn gerieten wir in einen Stau, der ewig lang zu sein schien. Ronald überlegte, ob er nicht die nächste Abfahrt nehmen sollte und über die „Dörfer" den Stau umgehen könnte. „Nimm mal die Karte, Schatz und guck mal, wie wir am besten fahren können!" Gesagt getan. Ich habe ALLES gegeben, aber in Sachen Kartenlesen ist eben mein „ALLES"

nicht dasselbe wie bei anderen. Ich hatte nicht wirklich unseren Standort gefunden und schon gar nicht die Ausfahrt im Blick, die wir nehmen wollten. Aber ich stimmte Ronald tapfer zu, als er sich dazu entschied, die Ausfahrt zu nehmen.

„Wie müssen wir denn jetzt fahren?"

Also… ich dirigierte uns durch Dörfer und Ortschaften, die ich weder kannte noch schon jemals davon gehört hatte und versuchte, der Strecke treu zu bleiben, die ich auf der Karte als die Richtige herausgesucht hatte. Nach ca. einer dreiviertel Stunde kam eine Autobahnauffahrt in Sicht und ich gab Ronald voller Stolz die Anweisung, diese zu nehmen. Ich war mir sicher, den Stau umfahren zu haben und schaute siegessicher nach vorne.

„Das darf doch nicht wahr sein. Mein Gott, kannst du denn die Karte nicht lesen? Jetzt stehen wir wieder genau an derselben Stelle wie vorher. Wir haben nix gewonnen, absolut gar nichts. Das gibt es doch nicht. So doof kann man doch nicht sein." Ronald war nicht zu bremsen und ich konnte ihn verstehen.

Ich hatte aber auch absolut keine Ahnung vom Kartenlesen, war in Geographie eine Null. Wir waren also genauso weit wie vorher. Ich fühlte mich echt mies, warum hatte ich kein topographisches Gedächtnis?

Und genauso fühlte ich mich hier in Italien, wieder die Karte in der Hand und keine Ahnung.

Wenig später nahmen wir die Abfahrt Faenza. Wir ließen die Stadt hinter uns und fuhren Richtung Inland. Vielleicht fanden wir dort irgendwo ein Fleckchen Erde, wo wir Maxi beerdigen konnten.

Da es seit Tagen nicht geregnet hatte und auch hier recht heiß war, war die Chance, weiche Erde zu finden eher gleich Null.

Wir folgten der Straße, kreuzten ein ausgetrocknetes Flussbett, vorbei an Feldern, die nichts weiter trugen als ein paar ausgedörrte Halme. Wo sollten wir hier ein geeignetes Plätzchen finden?

Vielleicht 200 Meter weiter bogen wir in einen Pfad ein und machten halt. Ein paar Büsche und 2 Bäume spendeten etwas Schatten.

„Hier könnte ich mal versuchen zu graben", überlegte Ronald. „Du stehst Schmiere und falls jemand kommt, dann pfeifst du, ja?"

„Okay, aber meinst du, dass die Erde hier weich genug ist?"

„Ich hoffe es. Meine Güte ist das heiß hier. Das kann ja heiter werden."

Und so machte Ronald sich auf den Weg. Ich ließ meinen Blick hin und her wandern. Straße nach rechts, Straße nach links, ein schneller Blick auf Joelle, ob sie noch tief und fest schlief und dann ein letzter Blick in der Runde auf Maxi, ob sie vielleicht doch nur schlief.

Und dann wieder von vorne – rechts, links, Kind, Hund…

Zum Glück war weit und breit niemand in Sicht.

Nach einer Viertelstunde kam Ronald zurück, kreidebleich, nassgeschwitzt und fix und fertig. Er hatte versucht, in die harte, ausgetrocknete Erde ein Loch zu graben, leider ohne Erfolg.

„Das kannst du vergessen. Der Boden ist knüppeltrocken, da geht gar nichts.“

„Mist, und jetzt?“

„Wir fahren noch ein Stück weiter und probieren es dann eben noch mal. Was anderes fällt mir jetzt auch nicht ein.“

Also wieder rein ins Auto und weiter ging es. Maxi war jetzt ungefähr 2 Stunden tot. Mir kam es so vor, als wäre sie schon ein bisschen aufgegast. Wenn wir noch länger brauchen um einen geeigneten Platz zu finden, dann muss das Loch am Ende noch doppelt so groß werden. Ich hatte auch das Gefühl, dass es schon anfing zu riechen, nach Tod und Verwesung. Aber meine Psyche konnte auch mit mir durchgehen. So eine Situation erlebt man ja nicht alle Tage.

Wir fuhren eine leichte Anhöhe hinauf. Rechts und links Häuser, als für unser Vorhaben ungeeignet. Es ging immer höher und schließlich kamen wir in ein Weinanbaugebiet. Die Straße war schon lange keine Straße mehr, eher ein Feldweg, der immer enger zulief. Hier waren nur noch vereinzelte Häuser, wir

kamen der Sache schon näher. Eine kleine Abzweigung führte zu einem unbebauten Feld, das gut geeignet für unser Vorhaben wäre. Wieder verteilten wir unsere Rollen, ich war der Aufpasser und Ronald sollte graben. Wieder nahmen wir unsere Positionen ein. Diesmal hatte ich mit Ronald Sichtkontakt. Schon nach kurzer Zeit signalisierte er mir, dass es hier auch nicht viel besser wäre als vorher, der Boden war zudem sehr steinig, was die Sache noch zusätzlich erschwerte. Er versuchte es noch eine Weile, wechselte den Standort, aber es funktionierte nicht. Wir mussten uns geschlagen geben. Wir konnten unseren Hund nicht eben mal begraben, einfach unmöglich. Es wäre zu schön gewesen, so hatte ich es mir ausgemalt. Wir würden an einer schönen Stelle ein Loch graben, vielleicht unter einem Baum, Maxi liebte den Wald, und wir hätten eine kleine Beerdigungszeremonie abgehalten. Wir hatten in Griechenland viele Muscheln gesammelt. Davon hätten wir ein paar auf das Grab gelegt, noch ein Gebet gesprochen und, falls Joelle aufgewacht wäre, vielleicht auch noch ein Lied gesungen. Dann wären wir traurig aber auch zufrieden, dass wir es so schön zu Ende gebracht hätten, mit einem guten Gefühl nach Hause gefahren.

Mittlerweile waren über drei Stunden vergangen und es war kein Ende in Sicht.

Ronald packte den Klappspaten wieder weg. Wir lüfteten das Wohnmobil, da meine Sinne mich doch nicht so ganz getäuscht hatten und ein leichter Geruch aufgekommen war. Meine Güte, so was gibt es eigentlich nur im Fernsehen. Die Sonne brannte unerbittlich vom Himmel. Es waren mittlerweile 30 Grad im Wohnmobil. Ich traute mich schon gar nicht mehr unter den Tisch nach unserer „Leiche" zu gucken, diesmal aus Angst, dass sich was bewegt, was mit Sicherheit nicht der wieder zum Leben erwachte Hund gewesen wäre. Ich hatte eindeutig zu viele Krimis geguckt in den letzten Jahren. Wenn die Phantasie mit einem durchgeht, ist man echt verloren. Jeden Sonntag Tatort, da darf man sich nicht wundern! Joelle schwitzte in ihrem Kindersitz, schlief aber immer noch. Was eigentlich ein Wunder war bei der Hitze, immerhin schon über zwei Stunden.

„Verdammter Mist", fluchte Ronald am Steuer. „Guck dir das mal an". Ich guckte aus der Windschutzscheibe und traute meinen Augen nicht. Direkt vor uns endete der ohnehin schon schmale Feldweg in einem noch schmaleren Weg mit jeweils rechts und links einem Abhang. Der Weg war so schmal, dass noch nicht einmal unsere Wohnmobilreifen Platz hatten.

„Was denn noch alles? Was machen wir denn jetzt?"

„Bleibt uns nichts anderes übrig, als rückwärts zu fahren. Den Weg hier können wir jedenfalls nicht nehmen. Mann, Mann, Mann, was ein Mist. Wird ja

immer besser. Ich fühl mich wie im falschen Film". Ronald war sichtlich genervt, aber wer wäre das nicht in unsere Situation.

Joelle streckte sich. Oh nein, das nicht auch noch. Wir blieben mucksmäuschenstill sitzen, rührten uns nicht und wagten kaum zu atmen. Das konnten wir jetzt wirklich nicht noch gebrauchen.

Sie dreht ihr Köpfchen in die andere Richtung und war wieder eingeschlafen.

Uff, noch einmal gutgegangen. Wir trauten uns wieder zu atmen.

Ronald legte den Rückwärtsgang ein und wir fuhren langsam den Weg wieder zurück. Ungefähr 500 Meter zuvor war eine Abzweigung, die wir erreichen wollten. Auf dem Hinweg hatten wir uns dagegen entschieden, weil wir dachten, dass dies vielleicht der schmalere Weg werden könnte, aber jetzt wussten wir es ja besser. Ronald tat mir leid. Diese große Auto rückwärts zu lenken, noch dazu auf so einem Weg. Ich wollte nicht tauschen. Meine Fahrkünste mit dem Wohnmobil bestehen höchstens mal auf einer ausgesuchten Strecke auf der Autobahn, z. B. in Frankreich, meist mit wenig Verkehr und keinen besonderen Erschwernissen. Mir macht es Spaß zu fahren, aber mein Respekt vor so einem großen Auto war doch größer. Ronald dagegen fährt immer, als würde er den ganzen Tag nichts anderes machen.

Zum Glück, sonst könnten wir solche Reisen gar nicht machen.

„Tanja, guck mal schnell aus der Tür, ob ich an dem Ast vorbeikomme", wie Ronald mich an. Ich erinnerte mich, dass ein Stück des Weges mit Olivenbäumen gesäumt war die mehrere recht ausladende Äste hatte, die bis auf den Weg reichten. Ich flitze nach hinten, öffnete unsere Wohnmobiltür und konnte so sehen, dass wir gut durchpassten. Der Ast hing zwar relativ tief nach unten und auch recht weit auf den Weg, aber die dünnen Zweige streifen uns nur leicht. Der dicke Ast, der vermutlich mehr Schaden angerichtet hätte, endete weiter hinten. Noch mal gut gegangen und kurz darauf kam auch schon die Wegbiegung. Hier fuhren wir nun hinein und konnten endlich wieder geradeaus fahren. Dieser Weg war ähnlich wie der andere, aber er führte zwar kurvenreich aber stetig nach unten. Somit waren wir auf dem richtigen Weg, der uns wieder zurück in Richtung Stadt oder Ort und somit Richtung Autobahn führen würde. Wir hatten zwar immer noch keinen Plan B in der Tasche, aber irgendetwas tun mussten wir und weiterfahren auch.

Nach einer Weile führte der Weg uns auf eine befestigte Straße und vereinzelt kamen auch wieder Häuser in Sicht.

„Wir fahren jetzt einfach mal die Straße entlang und gucken mal, wo wir rauskommen. Keine Ahnung wo wir sind, da ist es auch egal wo wir hinfahren."

„Ja klar, können es sowieso nicht ändern. Irgendwie müssen wir jetzt aus der Sache rauskommen, egal wie."

Schweigend fuhren wir eine Weile. Dass Joelle noch schlief, war echt ein Wunder. Ich ging nach hinten und fühlte ihre Stirn, vielleicht auch um mich zu vergewissern, ob sie noch lebt. Irgendwie makaber, aber da alles momentan so unwirklich war, reagierte man wohl auch entsprechend.

Wir fuhren durch einige Ortschaften, die uns immer wieder aufs Neue hoffen ließen, irgendwo eine Möglichkeit zu finden, Maxi zu beerdigen. Aber nichts. Hoffnungsvoll fuhren wir in den Ort hinein und immer ruhiger und hoffnungsloser fuhren wir wieder hinaus.

Maxi gaste immer mehr auf. Es roch stärker und irgendwie lag mittlerweile etwas Gruseliges in der Luft. Ich glaube, wenn wir jetzt einen Autounfall hätten, hätte ich einfach so getan, als ob Maxi gerade erst wegen des Unfalls gestorben wäre. Mir kam es mittlerweile so vor, als ob wir schon tagelang so unterwegs waren. Mein Zeitgefühl hatte sich komplett verabschiedet. Nur Joelle „funktionierte" weiterhin. Brave Maus!

Endlich tauchte ein Straßenschild auf. Neugierig lasen wir den nächsten Ortsnamen. „Brisighella 10 km" stand auf dem vergilbten Schild und wir hofften nicht zum ersten Mal, dass es vielleicht hier irgendeine Möglichkeit gab, unsere Situation zu beenden.

„Noch 10 km, dann finden wir bestimmt was", machte ich uns mal wieder Mut. „Ich spüre es, Brisighella ist ein guter Ort zum Sterben. Dann können wir immer sagen, unser Hund ist in Brisighella begraben. Hört sich doch gut an." An was man sich alles klammert oder worüber man nachdenkt, wenn man nicht mehr weiter weiß.

Ich sah uns schon über die Schweizer Grenze fahren mit Maxi, in Plastiktüten eingepackt, im Kleiderschrank versteckt. Oder „schlafend gestellt" mit dem Kopf zur Wand unterm Tisch liegend. Oder in der Dachbox auf dem Auto.

„Wenn hier nichts ist, dann weiß ich auch nicht weiter", fasste Ronald unsere Gedanken und Überlegungen zusammen.

Ja, er hatte Recht. Das einzige, was uns dann noch blieb, war Maxi einfach an den Straßenrand zu legen und so zu tun, als wäre sie ein Streuner, der gerade angefahren worden wäre. Schon gut schon gut, es wäre ein absolut schlechter Scherz gewesen, makaber noch dazu, aber wenn die Nerven blank liegen, geistert einem schon mal so etwas Irrsinniges durch den Kopf.

Wir hätten es vermutlich nicht gemacht. Wir hätten es nicht über uns gebracht, unseren Hund, der uns fast 13 Jahre treu begleitet hatte, einfach so, egal wie tot er war, einfach wie Müll zu behandeln. Nein, das hatte Maxi nicht verdient. Wenn ich überlege, wo sie überall

mit uns schon war. Mit Ronald natürlich mehr als mit mir, aber das spielte keine Rolle. Ich erinnere mich noch, als wir im ersten Sommer des neuen Jahrtausends auch in Griechenland waren und für ungefähr eine Woche in einer Salzlagune gecampt hatten. Durch Zufall hatten wir von diesem schönen, nein sogar wunderschönen Fleck Erde gehört. Direkt an einem herrlichen Sandstrand gelegen mit Blick auf die Insel Elafonissos. Einfach traumhaft. Der einzige Haken bestand eben darin, dass der komplette Boden aus Salz bestand, egal wo man stand. Wir bauten Maxi mit dicken Styroporplatten, die wohl ein Vorgänger wohlweislich für seinen Hund genutzt hatte, liegen gelassen hatte, ein Lager, aber trotzdem hatte sie nach kurzer Zeit wunde Füße. Damals war sie ungefähr 6 Jahre und im besten Alter. Sie sprang manchmal wie wild hin und her, lief ins Wasser und trank auch daraus. Das wurde ihr schnell zum Verhängnis. Nicht nur, dass ihr Pfoten rot und wund waren und ihre Lippen dick geschwollen vom Salz waren, nun hatte sie auch noch Durchfall, der so schaumig war, dass er einfach so aus dem Po blubberte. Wenn man es nicht besser wusste, konnte man meinen, sie hätte Seifenblasen verschluckt. Das war für uns nun endgültig das Zeichen zum Aufbruch, so schön es auch gewesen war. Aber ehrlich gesagt waren wir auch froh, kein Salz mehr an den Füßen zu haben, denn egal was man tat, wo man hinging oder

was man irgendwo abstellte, alles hatte eine dicke Salzkruste, einschließlich unserem Hund. Als wir dann an unserem nächsten Ziel angekommen waren und Maxi ein Bad im Süßwasser genossen hatte, war alles wieder wie vorher. Sie war weder nachtragend, noch empfindlich, konnte sich auf alle Situationen prima einstellen und war immer ein guter Kamerad. Nur im Tod machte sie uns Zicken. Aber das würden wir auch noch meistern. Mitgehangen-mitgefangen.

Wir fuhren auf einen Kreisel zu, der dicht mit Oleander bepflanzt war. Und plötzlich- ich traute meinen Augen kaum….

„Ronald, da war ein Schild „Veterinario". Da war ein Schild, da war ein Schild. Veterinario, ich hab es genau gelesen", jubelte ich. Fahr noch eine Runde, damit ich noch mal gucken kann. Ich kann mich doch nicht getäuscht haben. Nein, bestimmt steht es da. Fahr langsam, fahr bloß langsam, damit wir es nicht verpassen." Ich war außer Rand und Band. Und tatsächlich, dort ganz unscheinbar und ohne viele Schnörkel, war ein Schild, das doch für den Augenblick viel bedeutete. VETERINARIO!!!

Ronald drehte noch eine Runde und tatsächlich, dort stand es. Das Schild war real. Hier sollte es tatsächlich einen Tierarzt geben, 2 Abfahrt noch 3 km. Gerne doch. Wir nahmen die 2. Abfahrt und fuhren die Straße entlang. Wir sprachen kein Wort. Unsere Augen waren nur auf die Straße gerichtet, folgten jedem neuen

Straßenschild, dass wir ja nichts verpassten. Nach ungefähr zwei Kilometern kamen wir in ein Neubaugebiet. Wunderschöne Häuser mit sehr geschmackvoll angelegten Vorgärten. Es war eine ruhige Gegend, sehr gepflegt. Hier und da bellte ein Hund, in zwei Vorgärten lagen achtlos hingeworfene Kinderfahrräder, ein friedlicher Ort, der uns hoffen ließ. Wir bogen links ab. Die Straße ging eine leichte Anhöhe hinauf. Das nächste Straßenschild: Veterinario 200 m rechts. Wir fuhren langsam weiter. Die Straße mündete in einen größeren Platz mit einem herrlich bunt bepflanzten Springbrunnen in der Mitte. Dass man in einer solchen Situation noch an solch schöne Orte kommen konnte, war echt krass. Diese Gegend hätten wir nie in unserem Leben zu sehen bekommen. Wir rollten auf den Springbrunnen zu und schräg rechts entdeckte Ronald das Schild: Veterinario Dr. Fontana an einem schönen schlichten weißgetünchten Bungalow mit großer Einfahrt, einer Garage daneben und einem Vorgarten als Steingarten angelegt. Wir waren angekommen. Wir stellten das Wohnmobil ab und sahen uns an.

„Jetzt können wir nur hoffen, dass auch jemand da ist. Es ist Samstagnachmittag, da sind die Chancen recht gering, oder?" Ronald war schon immer recht pessimistisch und konnte einem jegliche Illusion rauben. Ich hingegen sehe erst einmal alles positiv und habe hinterher immer noch Zeit mich zu ärgern,

sollte etwas nicht klappen. Das unterschied uns erheblich und war oft genug der Stein des Anstoßes für einen Streit. Zwar unsinnig und auf jeden Fall nicht tiefgängig, aber absolut nervig, wenn man sich über „ungelegte" Eier stritt.

Ich atmete tief durch, zähle im Stillen bis zehn und antwortete nur kurz: „Wir werden sehen, okay? Dann können wir immer noch weiter überlegen."

Wir richteten uns ein wenig her, damit wir nicht komplett wie die Flodders aussahen. Nach der ganzen Aufregung rund um unseren Todesfall und der schweißtreibenden Arbeit mit dem Klappspaten sahen wir recht mitgenommen aus.

Schnell Haare kämmen und Deo mussten reichen. Sauberes Oberteil an und fertig.

Wir riskierten, Joelle im Auto zu lassen und machten uns auf den Weg. Dass Joelle immer noch schlief, war echt ein Wahnsinn. Ich betete darum, dass sie noch einen Moment länger schlief, bis vielleicht alles vorbei wäre, dann versprach ich im Stillen, dass sie die ganze Nacht wachbleiben konnte und ich nicht darüber schimpfen würde sondern mit ihr Spielen wollte. Normalerweise versuchte ich, Joelle über Tag wachzuhalten, da sie ansonsten entweder mitten in der Nach wach wurde und nicht mehr einschlafen wollte oder schon gegen sechs Uhr ausgeschlafen hatte. Wenn sie über Tag wach blieb, dann war die Möglichkeit eines guten Schlafes auch für mich sehr

hoch. Aber heute war in dieser Hinsicht natürlich Ausnahmezustand.

Ronald nahm mich bei der Hand und wir gingen auf die Praxis zu. Auf dem Schild stand nur der Name und dass es sich um eine Praxis handelte, es waren keine Öffnungszeiten vermerkt. Ich klingelte. Es dauerte eine gefühlte Ewigkeit, bis wir ein Geräusch von drinnen wahrnahmen. Schritte in unsere Richtung. Die Tür öffnete sich und vor uns stand ein Mann, Anfang bis Mitte dreißig, in Jeans und weißem Poloshirt. Er begrüßte uns auf Italienisch. „Hello, do you speak english or german?" „No, only a little bit", antwortete er mir. Na das konnte ja heiter werden. Wir versuchten mit Händen und Füßen, in gebrochenem English und alles was möglich war, zu erklären, was uns geschehen war. „Unser Hund ist gestorben, vor ungefähr 3 Stunden und wir wissen nicht, wo wir sie beerdigen können. Sie liegt im Wohnmobil", wir gaben alles. Der Tierarzt schaute uns leicht ungläubig an, verstand mit Sicherheit nur einen Bruchteil unserer Ausführungen und hielt uns eher für zwei Verrückte, als für Menschen, die seine Hilfe benötigten. Wir zeigten immer wieder nach draußen auf unser Wohnmobil und versuchten ihm zu erklären, dass er mitkommen soll, damit er sieht, was passiert war. Anders konnten wir es ihm nicht plausibel machen.

Eigentlich ungewöhnlich, dass ein so junger Mann mit einem Studium zum Tierarzt kein Wort oder nur kaum

Englisch sprach und verstand. Es sollte doch am Ende nicht noch daran scheitern.

Auf einmal kam Bewegung in diesen Menschen, den wir als unseren „Erlöser" auserkoren hatten. Ich denke im Nachhinein, dass er uns einfach loswerden wollte und nur deshalb zustimmte, mit uns nach draußen zu kommen. Vielleicht dachte er auch, dass wir auf der Straße ein Tier an- oder überfahren hatten und daher seine Hilfe benötigten. Ronald und ich tauschten einen Blick aus der besagte, dass jetzt nun alles gut werden würde. Dr. Fontana folgte uns nach draußen, über den Platz, auf dem der Springbrunnen vor sich hinplätscherte. Vor dem Wohnmobil blieben wir stehen und Ronald schloss die Tür auf.

Das Bild, was sich uns bot, war so bizarr, dass selbst wir kurz zurückzucken mussten. Was musste erst der Tierarzt denken. Durch den Türrahmen fiel der erste Blick auf Joelle, die immer noch friedlich in ihrem Kindersitz schlief und dann beim nächsten Blick nach unten, lag der tote Hund, mittlerweile doch recht aufgegast unter dem Tisch. Ein leicht süßlicher Geruch schlug uns entgegen. Wie fürchterlich, dachte ich nur. Da Italiener im Allgemeinen sehr kinderfreundlich sind, war es für diesen Mann mit Sicherheit ein Schock, dass wir unsere Tochter mit einem toten Hund in einem so engen Raum zurückgelassen hatten. Er schaute leicht angewidert erst zu Ronald und dann zu mir und nickte: „Okay, we take the dog outside!"

Ronald ließ die Treppe herunter und sprang ins Wohnmobil. Wir zogen Maxi mit ihrer Decke unter dem Tisch hervor und dann darin eingewickelt, trugen wir sie zu dritt in die Praxis. Wir legten sie auf einen Untersuchungstisch im ersten Behandlungsraum und der Tierarzt untersuchte Maxi, vielleicht auf mögliche Todesursachen. Ich konnte mir es nicht erklären, aber wir mussten jetzt einfach abwarten, was passieren würde. Das sie tot war, daran bestand ja kein Zweifel mehr. Vielleicht wollte er ausschließen, dass wir sie um die Ecke gebracht hatten. Wir warteten ab und warfen uns ab und zu einen fragenden Blick zu. Dr. Fontana bewegte Maxis Gelenke, tastete den Bauch ab und nahm sogar sein Stethoskop zur Hand. Allmählich wurde es albern. Was dachte er denn, was wir mit dem Hund gemacht hätten? Wir versuchten zu erklären, dass Maxi bereits um 14.00 Uhr gestorben sei, einfach so. Ronald warf sich ein paar Mal auf die Seite um zu demonstrieren, dass Maxi einfach umgefallen sei. Dann fasste er sich ans Herz und schauspielerte so gut es ging einen Herzinfarkt. Wenn es nicht so traurig gewesen wäre, hätte ich am liebsten geschrien vor Lachen. So ein Affentheater. Der Hund war tot, basta. Er wurde nicht gequält und hatte auch keinerlei Wunden am Körper. Wir wussten nicht, wonach er suchte. „ She was an old dog, 13 years in october", versuchte ich mein Glück. Der Tierarzt starrte mich nur ungläubig an. Natürlich sah Maxi nicht

unbedingt uralt aus. Sie war nicht besonders grau oder weiß um die Schnauze geworden, höchstens leicht graumeliert. Ihre Figur war noch gut und da Boxer immer einen eher kindlichen Gesichtsausdruck haben, sehen sie nicht immer unbedingt großmütterlich aus, auch in diesem Alter nicht. Er untersuchte immer noch, drückte hier, knickte eine dann das andere Knie ein, und sah in die Ohren. Plötzlich begriff ich. Wo sah Maxi am ältesten aus? An welchem Körperteil konnte man sehen, dass sie wirklich schon so alt war? Was war am meisten verschlissen an ihrem Körper? Klar, die Zähne. Ronald wusste direkt was ich meinte, als ich an ihren Kopf herantrat und ihre Lefzen ein Stück nach oben schob. Zum Vorschein kamen kleine braune Stümpfe, die zwar noch fest und eigentlich recht stabil waren, aber aussahen, als wären sie von Methusalem persönlich. Und jetzt sah auch Dr. Fontana ein, dass dies ein rein natürlicher Tod war, ohne Wenn und Aber. Er nickte, als ob er verstanden hätte. So, das war also schon mal geklärt, tot war sie dann jetzt, zum dritten Mal und amtlich bestätigt.
Jetzt mussten wir ihn davon überzeugen, dass wir Maxi bei ihm lassen wollten bzw. mussten, da wir keine andere Chance hatten. Ronald und ich zuckten gleichzeitig mit den Schultern um zu zeigen, dass wir nicht wussten, wohin wir den toten Hund nun bringen könnten. Ronald erwähnte clevererweise auch noch unsere Tochter, die immer noch im Wohnmobil saß

und hoffentlich auch noch schlief, was eigentlich gar nicht mehr möglich sein konnte. Vielleicht hatten die leichten Verwesungsgase sie ja über Tag so langsam in eine Art Trance gebracht und sie döste high vor sich hin. Du lieber Himmel, die arme Maus. Wenn uns das Jugendamt heute begleitet hätte, wir hätten mit Sicherheit Probleme bekommen. Aber was heißt schon Jugendamt- unser Mütter hätten gereicht. Ich stellte mir meine Mutter vor, die bestimmt hundert Mal gesagt hätte:" Ach, das arme Kind!" Obwohl das arme Kind ja eigentlich von nichts etwas mitbekommen hatte. Dann fühlt man sich selbst mit 34 Jahren und seit drei Jahren selbst Mutter wie ein kleines Kind mit Angst vor der eigenen Mutter. Mein Vater hätte nur still den Kopf geschüttelt und in eine andere Richtung gesehen. Aber selbst bei der Vorstellung wurde mir übel. Nein, nein, nein, Tanja, du bist erwachsen und brauchst dir keine Gedanken zu machen. Alles ist gut. Wir haben alles richtig gemacht und außerdem hatten wir auch keine andere Möglichkeit und schon gar keine andere Wahl. Es reichte schon, wenn wir uns zuhause anhören mussten, was die anderen alles so getan hätten, wenn sie in unserer Situation gewesen wären. Die super Ratschläge von den „Experten in Sachen Tierbeseitigung" bis hin zu dem Satz:" Also ich wäre auch gar nicht mit so einem alten Hund in den Urlaub gefahren und schon gar nicht in den Süden." Also weg mit der nervigen Verwandtschaft und weiter im Text.

Endlich blickte Dr. Fontana uns an und nickte. „It is okay. You can let this dog here."
Das war der besten Satz, den wir heut gehört hatten. Den wir seit langem gehört hatten. Wir konnten es kaum glauben. „Echt? Really?", vergewisserten wir uns. „Si", er nickte.
Du lieber Gott, vielen Dank für diesen Ort, den wir gefunden hatten, für diesen Menschen in Gestalt von Dr. Fontana, überhaupt für diese Fügung, dass wir diese Abfahrt genommen hatten!
Ronald und ich tauschten einen erleichterten Blick. Ich zückte mein Portemonnaie und sah ihn fragend an. Damit wollte ich ihn fragen, was er von uns zu bekommen hatte. Wir wollten ihm diese Geste echter Nächstenliebe gerne vergüten. Da ich früher selbst bei einem Tierarzt gearbeitet hatte, wusste ich, dass das Beseitigen von Tierkadaver recht teuer war und unsere „Patientenbesitzer" tief in die Tasche greifen mussten, wenn sie ihre Lieblinge zum „Entsorgen" da lassen wollten. Einmal hatten wir eine Bernhardinerhündin, die mein damaliger Chef einschläfern musste und die dann zur „Entsorgung" bei uns in der Praxis blieb. Wir Helferinnen mussten abwechselnd jeden Montag, morgens um 07.30 Uhr die toten Tiere, die bei uns zurückgelassen wurden, zur Entsorgungsstation bringen. Diese war auf dem Gelände des Schlachthofes in der Nähe der Praxis. Also absolut einer der schrecklichsten Jobs, die ich in dieser Zeit

gemacht hatte. An diesem Montag war ich dran. Wir hatten samstagnachmittags das Auto schon beladen. Neben dem Bernhardiner lagen noch 2 Katzen und ein Wellensittich in der schwarzen Wanne. Falls ich auf dem Weg einen Unfall baute und der Bernhardiner mit aus dem Auto flog, überlegte ich mir während der Fahrt, dann tue ich so, als wäre er gerade erst gestorben. Denn eben mal schnell wieder einladen, war bei diesem 60 kg Tier nicht. Ich durfte gar nicht weiter darüber nachdenken. Auf dem Schlachthof standen Container, in die wir die Tiere dann werfen mussten, da diese zu hoch waren, als dass man etwas hätte behutsam hineinlegen können. Bei kleineren Tieren, die ich hochheben konnte, war das auch kein Problem, aber bei großen Hunden erwies sich dies als unmöglich. Dann blieb einem nichts anderes übrig, als die klitschige Metalltreppe zum eigentlichen Schlachthof hinunterzugehen, nicht dorthin wo die Tiere lebend hineinkamen, nein hintenherum, wo die Einzelteile zerlegt wurden. Dort arbeitete ein Asiate, der in meinen Augen absolut schmerzfrei sein musste. Mir wurde schon übel, wenn ich mich nur an dem leicht blutigen Geländer festhalten musste, um überhaupt die steile Metalltreppe nach unten zu kommen. Der süßliche Geruch, der einem dann in die Nase stieg, war absolut widerlich. Ich habe im Laufe meiner Tätigkeit als Tierarzthelferin einige Gerüche in der Nase gehabt, aber das übertraf doch so einiges. Um

nicht in das Gebäude hinein zu müssen um den Asiaten um Hilfe zu bitten, versuchte man schon am Treppenabsatz auf sich aufmerksam zu machen. Ich riss dann immer die Arme hoch und gestikulierte wild. Oftmals blickte er auf und kam auch sofort. Aber an diesem Morgen lief nichts so wie geplant. Ich winkte und rief, aber er hörte mich nicht. Na toll, dachte ich, dass hatte mir auch gerade noch zu meinem Glück gefehlt. Ich musste also hinein. Tief durchatmen, Gedanken abschalten –Augen zu und durch. Ich holte tief Luft, hielt die Luft an und betrat diese Großküche, diesen Sezierraum oder was immer das sein sollte. Ich ging zwischen riesigen Metallwannen gefüllt mit Inneren und Schweinefüßen vorbei und –natürlich- ganz hinten, sah ich ihn. Er sah mich immer noch nicht. Ich atmete durch den Mund. Trotzdem stieg eine Übelkeit in mir hoch und ich hatte Angst, dass ich sie nicht unter Kontrolle bringen könnte. „Hallo, Entschuldigung, könnten sie mir bitte mal helfen?" Es war gar nicht so einfach, durch den Mund zu atmen und gleichzeitig noch jemanden anzusprechen. „Klar, ich komme mit", rief mein in diesem Moment „bester Freund" und folgte mir nach draußen. Geschafft, ich atmete tief durch die Nase, erstes Hindernis geschafft. Jetzt musste nur noch die dicke Berta in den Container. Wir standen vor dem Kofferraum des alten Jeeps, den wir nur für solche Aktionen nutzten und selbst der Asiate musste bei dem Anblick stöhnen.

„viel zu schwer für junge Frau", lächelte er mich an, dreht sich um und rief einen seiner Kollegen. Dieser kam auch zügig und zu dritt schafften wir es. Ich bedankte mich überschwänglich bei beiden Männern, zündete mir noch vor Ort eine Zigarette an und machte mich auf den Weg zurück zur Praxis. Ich war eigentlich schon nassgeschwitzt und in Feierabendstimmung, da diese Aktion meine ganze Kraft gekostet hatte, aber es war erst acht Uhr morgens und mein Arbeitstag war noch lange nicht zu Ende.

Dr. Fontana schüttelte mit dem Kopf, deutete auf mein Portemonnaie und signalisierte uns, dass er nichts würde dafür haben wollen. Wir waren wieder einmal sprachlos an diesem Tag. Sollte es Nächstenliebe in einer solch hohen Form geben. Und das hier in Italien, wo Ronald doch eigentlich so wenig von den Italienern hielt. Er ließ nie ein gutes Haar an Italien, ob es ums Essen oder um Fußball, um die Autobahnen, die Menschen, die Politik oder um das Land überhaupt ging, an allem hatte er immer etwas auszusetzen gehabt. Er ist begeisterter Frankreich-Fan und ich glaube, dass man nicht beides sein kann. Man kann nicht Frankreich und Italien gleichzeitig mögen. Und die vielen Leute, die wir in allen den Jahren unserer Reisen kennengelernt hatten, bestätigten dies. Entweder waren es Fans des einen oder andere Landes, aber nie von beiden. Es gab diese Fans bestimmt, aber wir kannten sie nicht und hatten noch

nie welche getroffen. Und nun sollte ausgerechnet ein Italiener uns aus unser misslichen Lage befreien und das auch noch umsonst? Ronald suchte gedanklich bestimmt nach dem Haken, aber er fand keinen. Und ich auch nicht. Ein Ende unserer Misere war nicht Sicht, das alleine zählte.

Wir nickten ebenfalls zustimmend in Richtung Tierarzt. Dieser gab seiner inzwischen eingetroffenen Helferin (oder war es seine Frau?) eine Anweisung auf Italienisch, die wir natürlich nicht verstanden und diese verließ den Behandlungsraum. „Okay", sagte Ronald mir zu, „dann lass uns jetzt gehen." Er trat an Maxis lebloses Körper, streichelte sie ein letztes Mal und flüsterte ihr: „mach es gut, altes Mädchen", zu, trat zurück und machte für mich Platz. Ich konnte immer noch nicht weinen – zu viel war heute passiert, als dass sich die Schleusen so einfach öffnen ließen. Einen dicken Kloß im Hals hatte ich schon, aber anders als sonst, wo ich bei jedem Sissi-Film sofort losweinen kann, egal, ob ich den Film von Anfang an gesehen habe oder nur die Schluss-Szene gucke, wenn das kleine Mädchen auf dem roten Teppich auf seine Mutter zu läuft, weinte ich nicht. Ich war auch sehr dankbar darüber, dass ich mir das für später aufheben wollte. „Tschüss, meine liebste Freundin, mach es gut, ich hab dich lieb" verabschiedete ich mich von Maxi. Ich nahm ihr das Halsband ab, streichelte sie auch noch ein letztes Mal und drehte

mich zu Ronald um. Ich hätte ihr gerne noch einen Kuss auf den Kopf gegeben, konnte es aber in Anbetracht der langen Zeit, die sie schon tot war, nicht über mich bringen. Musste ich auch gar nicht. Ich hatte sie in ihrem Leben so oft geküsst, dass die Anzahl auch für zwei Hundeleben gereicht hätte. Ich öffnete mein Portemonnaie und nahm 20 Euro in die Hand. Ein letzter Blick zurück. Maxi lag friedlich auf dem Behandlungstisch. Sie hatte ihren Frieden gefunden und wir endlich auch. Ich drehte mich um und folgte Ronald durch die Praxis Richtung Ausgang. An der Praxistür wartete Dr. Fontana bereits auf uns. Etwas im Hintergrund am Anmeldetresen, den ich beim Hineingehen gar nicht wahrgenommen hatte, saß seine Helferin oder Frau am Computer. Ich entdeckte ein Porzellansparschwein in Form eines Riesenschnauzers, faltete den 20,00 Euro-Schein und steckte ihn hinein. Wenn wir schon nichts bezahlen mussten, dann sollten wenigstens die Mitarbeiter ein bisschen Trinkgeld bekommen. Die Frau lächelte mich an „Grazie". Ich lächelte zurück so gut es ging.

„Thank you, grazie, vielen Dank", verabschiedete ich mich bei dem Tierarzt, schüttelte ihm überschwänglich die Hand und hätte ihn am liebsten umarmt. So einem netten Menschen waren wir lange nicht mehr begegnet!

Ronald hatte eigentlich recht, wenn er nach dem Haken suchte, da man sich in der heutigen Zeit gar

nicht mehr vorstellen kann, dass eine solche Hilfe oder Hilfe im allgemeinen noch überhaupt existiert. Aber, es gab keinen. Wir durften unseren toten Hund hier lassen, mussten nichts bezahlen und der nette Tierarzt zeigte Ronald noch den schnellsten Weg zur Autobahn. Wenn es einen Himmel gibt, dann war hier ein Ortsteil davon. Wir gingen Hand in Hand zum Wohnmobil, drehten uns fast gleichzeitig noch einmal um und winkten Dr. Fontana noch einmal zu, der immer noch in der Tür stand und uns nachsah als wenn wir Verwandtschaftsbesuch gewesen wären, der nach einem netten Wochenendbesuch wider abreist. Ronald öffnete das Wohnmobil und ließ die Treppe hinunter. Wir stiegen ein, schlossen die Tür und fielen uns erstmal in die Arme. Mir liefen die Tränen über die Wangen, endlich konnte ich weinen. Auch Ronald hatte feuchte Augen. Eine einzelne Träne löste sich und tropfte auf meine Schulter. So hatte ich ihn noch nie erlebt. „Weißt du was, wenn ich noch einmal was Negatives über Italien sage, dann erinnere mich bitte an den heutigen Tag, ja?" Ronald war sichtlich gerührt. „Mama, bin wach", krähte Joelle aus ihrem Sitz. Ach, mein braves gutes Kind, dachte ich voller Liebe. Jetzt darfst du auch wieder wach sein. Jetzt ist alles gut. „Du hat ja lange geschlafen, mein Schatz. Alles gut bei dir?" ich drückte Joelle fest an mich, wischte mir heimlich die Tränen aus den Augen und war wieder ganz Mama. „Hast du Hunger? Soll ich dir ein

Äpfelchen schneiden?" Ich konzentrierte mich voll und ganz auf unsere Tochter um auf andere Gedanken zu kommen.

„Seit ihr soweit? Können wir losfahren? Der Tierarzt steht immer noch vor der Tür und schaut uns nach. Besser, wir fahren jetzt, bevor er sich es noch mal anders überlegt". Ronald hatte sich ebenso wieder gefangen und gab Gas. Langsam rollten wir los. Wir winkten ein letztes Mal und bogen dann in die Straße ab, die uns laut Aussagen des Tierarztes in Richtung Autobahn bringen sollte. Ronald verfiel in Schweigen, ich unterhielt mich mit Joelle und schnitt ihr einen Apfel. Sie war quietschvergnügt und merkte gar nicht, dass etwas fehlte. Gut so. So hatten wir noch Zeit uns eine Antwort einfallen zu lassen, denn diese Frage war ja nun mal unausweichlich. Nach gut zwanzig Minuten hatten wir tatsächlich die Autobahnauffahrt erreicht.
Dr. Fontana musste wohl tatsächlich der Himmel geschickt haben.

Ich setzte mich kurz nach vorne auf den Beifahrersitz.
„Wie geht es dir, Schatz?" fragte ich Ronald, der mir immer noch recht still wirkte. „Ganz gut, aber das war schon eine Hammer-Angelegenheit, Mann-oh-Mann, wenn du mir das vorher gesagt hättest, dass es so ausgehen könnte, hätte ich es mir aber zweimal überlegt, den Hund mitzunehmen. Warum konnte Maxi nicht einfach in Githio sterben, als sie dort letzte

Woche umgefallen ist. Sie war ja eigentlich schon weg, dann hätte ich Takis gefragt, ob wir sie bei ihm dort irgendwo in der Nähe beerdigen können und dann wäre es gut gewesen."
Takis gehört die Taverne am Strand von Githio, die wir immer aufsuchen, wenn wir in Griechenland sind. Und wenn man dazu noch in Githio ist, ist es ein MUSS dort zu essen. Seine Frau kocht alles selbst, seine Mutter ist für den Grill zuständig und er bedient. Eine Speisekarte gibt es nicht. Wenn man eine Vorspeise zu sich genommen hat, dann geht man in die Küche und guckt in die Töpfe und Pfannen und kann dann entscheiden, was man essen möchte. Takis Frau erklärt dann alles und es läuft einem schon beim Anblick in der Küche das Wasser im Munde zusammen. Echt lecker, sehr netter Service und er hat einen wunderbar leichten Rosé. Zum Bezahlen gibt es obligatorisch erst mal einen Ouzo. Und da wir schon seit Jahren nach Griechenland fahren, kennen wir Takis eben. Er hat selbst Hunde und hätte uns mit Sicherheit weitergeholfen. Vor allem hätten wir Maxi´s „Grab" immer besuchen können, wenn wir im nächsten Jahr wieder nach Griechenland gefahren wären. Aber nun gut, es sollte nicht sein, mit ihrem letzten Atemzug wurde sie noch „Italienerin".

„Ja, du hast recht, das wäre wesentlich einfacher gewesen", stimmte ich Ronald zu. „Bin ich froh, dass

das Ganze heute vorbei ist. Stelle dir doch mal vor, sie wäre immer noch im Auto. Du lieber Gott, nicht auszudenken!"

„Was wird der Tierarzt eigentlich jetzt mit ihr machen? Meinst du, sie kommt in die Tierverwertung?"

„Ich denke nicht, sie wird vielleicht verbrannt. Ja, ich glaube, sie wird verbrannt. Das ist ein schöner Gedanke, so wird es bestimmt sein!"

Ich dachte einen Augenblick darüber nach. „Du hast bestimmt Recht. So wird es sein."

„Wenn Joelle fragt, kannst du es ihr dann sagen", bat ich. „Ich glaub, ich krieg das nicht hin. Hoffentlich versteht sie es und macht kein Theater."

Man konnte Joelle eigentlich gut Gegebenheiten erklären, die sich nicht ändern ließen. Sie jammerte nie lange, verstand meistens den Grund und gab sich mit dem Zufrieden, was möglich war. Bezüglich des Hundes war ich mir nicht ganz so sicher, dass sie es gut aufnehmen würde, da sie doch sehr an Maxi hing. Maxi war schon da, als sie geboren wurde und gehörte genauso zur Familie wie Mama und Papa. Joelle konnte als Baby auf ihr reiten, ihr den Ball wegnehmen und auch mal ein Bröckchen Futter aus dem Napf klauen. Maxi guckte sie höchstens mal tadelnd an, aber niemals aggressiv oder böse. Joelle lag auch einmal in Maxis Körbchen und Maxi legte sich einfach daneben, ohne zu meckern. Ein echter Traumhund!

Auch für meine Eltern war es ein großer Verlust, da mein Vater oft um die Mittagszeit mit ihr Gassi gegangen ist. Ich weiß noch einmal, als mein Vater ganz verzweifelt war. Maxi hörte seit einem Jahr nicht mehr so gut, eigentlich war sie fast taub. Mein Vater wollte mit ihr spazieren gehen, schloss unsere Wohnungstür auf, ging in die Wohnung und rief nach ihr:" Maxi, Maxi wo steckst du denn". Keine Reaktion. Er war schon ganz verzweifelt, fand sie schließlich tief schlafend in ihrem Körbchen. Er dachte, sie wäre tot. Sie rührte sich nicht und erst als er ganz nah vor dem Korb stand, hörte er sie schnarchen. „MAXI", brüllte er und stapfte mit dem Fuß auf. Langsam öffnete sie die Augen und streckte sich. Das kleine Schwänzchen wackelte hin und her als wollte sie sagen: „Hallo, hab dich gar nicht gehört, schön dass du da bist!" Mein Vater hatte beinahe einen Herzinfarkt und sie hat einfach verschlafen. Unglaublich!

Nach ungefähr einer Stunde hatten auch wir Hunger. Den ganzen Tag hatten wir nicht daran gedacht etwas zu essen. Aber jetzt, da langsam die Anspannung von uns abfiel, hatte ich plötzlich einen Bärenhunger.

„Wie wäre es denn mal mit einer Pause?"

„Gerne", antwortete Ronald, „ ich krieg so langsam aber sicher Hunger und tanken müssen wir auch bald. Ich guck mal, wo wir halten können."

Dass damit sehr wahrscheinlich verbunden die Frage nach Maxi kam, wenn wir ausstiegen und kein Hund

folgte uns, war vorauszusehen. Aber da ich Ronald den „schwarzen Peter" zugeschoben hatte, konnte ich etwas entspannter sein und mich auf die Rolle als Trösterin konzentrieren. Aber trotzdem hoffte, ich dass dieser Moment der Wahrheit schnell vorbei sein würde, verbunden mit all den Tränen, die aus so einem kleinen Kind kommen konnten. Joelle tat mir jetzt schon leid, obwohl sie von all dem nichts ahnte.

„In zwei Kilometern kommt eine Tankstelle mit Raststätte, da können wir anhalten wenn du willst."

„Ja, prima", antworte ich. Nun würde es ja nicht mehr lange dauern, bis die unvermeidliche Frage kam.

Wir fuhren auf den Rastplatz. Ronald tankte zuerst und lenkte das Wohnmobil dann auf den danebenliegenden Parkplatz. Es war kaum ein Platz zu bekommen. Überall drängelten sich Reisebusse, Wohnwägen, Wohnmobile und PKW´s. Nirgendwo ein Plätzchen zu finden. Anscheinend benötigten alle gerade hier eine Pause. Wir kamen kaum voran, da überall Scharen Touristen aus den Bussen ausstiegen und Richtung Restaurant liefen.

Na prima, dachte ich, hier werden wir mit Sicherheit nicht fündig werden. Mein Magen knurrte laut. Joelle, die neben mir saß hörte es und kicherte. „Hier Mama, ein Apfel für dich". „Nein danke, Liebes, ich muss jetzt was Richtiges essen sonst wird mir schlecht. Leider haben wir nichts vernünftiges mehr dabei, alles schon aufgegessen." Jetzt reiß dich mal zusammen, mahnte

ich mich, wirst ja wohl den Moment noch aushalten können. Leichter gesagt als getan. In dieser Hinsicht war ich doch eher Kind geblieben. Ungeduldig ohne Ende.

Trotz aller Autos fand Ronald doch noch einen Parkplatz zwischen zwei LKW´s. Geschafft!

Ich zog Joelle ein Jäckchen über, da die Temperatur doch jetzt gegen Abend etwas gesunken war. Ein kühles Lüftchen wehte, was Ronald und ich dankbar annahmen, nach dem ganzen Schweiß und der Aufregung am Nachmittag. Jetzt konnten wir mal tief durchatmen. Ich packte unsere Wertsachen in meine Handtasche und wir stiegen aus. Ohne Hund, aber Joelle merkte nichts. Sie hatte durch das Fenster einen überdimensional großen und schrill bunten Hasen entdeckt, der wohl mit dem hiesigen Kindermenü werben sollte. Dort wollte sie unbedingt hin und vergaß wohl da hier und jetzt und alle die dazugehörten. Soll uns recht sein, überlegte ich, dann erst nach dem Essen. Dann sind wir vielleicht auch etwas entspannter, wenn der Magen gefüllt ist. Verschieben wir es eben auf den Rückweg zum Wohnmobil. Ich gab Ronald ein Zeichen und er nickte. Wir waren uns einig.

Wir mussten lange in der Schlange stehen bis wir endlich an der Reihe waren. Joelle wurde schon ungeduldig und quengelte. Mir war zum einem hundeelend vor Hunger, zum anderen malte ich mir

die fürchterlichsten Situationen aus, die wir gleich erleben konnten, wenn wir Joelle über Maxi´s Tod informierten. Leider neige ich dazu, mir immer alles haarklein und in verschieden Möglichkeiten vorzustellen, spiele ganze Szenen in meinem Kopf durch und überlege mir, wie die jeweiligen Personen jeweils reagieren könnten. Oft ist es allerdings so, dass die Realität ganz anders aussieht, zum Glück, denn in meinem "Kopfkino" gehen die meistens Geschichten immer negativ aus. Furchtbar eigentlich. Dass ich die Dinge nicht einfach mal auf mich zukommen lassen kann. Ich sehe, wie Joelle sich auf den Boden wirft, schreit und weint und ich bekomme sie nicht beruhigt. Ich sehe, wie wir nach Hause kommen und Joelle total fertig ist, weil Maxi nicht mehr da ist und nichts sie trösten kann.
Leider kann ich es nicht abstellen.

Endlich waren wir an der Reihe und konnten bestellen. Risotto a la Genovese, 2 Bier auf den Schreck und Spaghetti für Joelle. Nachdem wir knapp 50,00 Euro losgeworden waren, fanden wir keinen Sitzplatz. Das durfte doch auch jetzt alles nicht wahr sein. Natürlich nichts im Vergleich zum kompletten Tag, aber doch ärgerlich. Wir nahmen unsere Tablets und gingen nach draußen. Irgendwo wird doch wohl ein Plätzchen zu finden sein. Erst kein „Plätzchen" für Maxi, keines fürs

Womo und dann kein „Plätzchen" für uns. Nur die Ruhe!

„Da vorne, da steht gerade jemand von der Bank auf. Lauf!", rief Ronald und stürzte los.

Wir schafften es gerade noch den Platz zu sichern, mussten dann aber doch eng zusammenrutschen, weil ein weiteres Paar nach einem freien Platz zum Essen suchte. So saßen wir da wie die Ölsardinen und verspeisten unser mittlerweile fast kaltes Essen. Egal, Reis und Nudeln schmeckten auch kalt und der Hunger trieb es sowieso rein.
„Dass sie gar nicht mal fragt ist schon komisch, oder?", flüsterte Ronald mir zu. Ich nickte nur stumm, mir kam es auch merkwürdig vor. Aber Joelle schien noch nichts bemerkt zu haben. Zum Essen hätten wir Maxi sowieso nicht mitgenommen, das haben wir nie getan, von daher war die momentane Situation nicht abwegig und für Joelle völlig normal. Vielleicht die Ruhe vor dem Sturm. Genießen wir einfach noch den Moment, wenn alles „angeblich" so war wie bisher. Schnell konnte es sich ändern. Ich merkte Ronald an, dass das bevorstehende Gespräch mit Joelle auch ihm Kopfzerbrechen bereitete. Er, der sowieso ein ruhiger Typ ist, war noch ruhiger. Ich beobachtete, wie er Joelle mehrmals nachdenklich betrachtete. Er hatte Angst davor, die kleine und bisher noch absolut reine

Kinderseele zu belasten, in dem sie mit ihren „ersten Tod" konfrontiert wurde. Natürlich weiß man, dass Kinder sich in dem Alter später nicht unbedingt mehr an solche Situationen erinnern können, aber trotzdem hat man als Eltern Angst, dass etwas bei seinem eigenen Kind „kaputt gehen könnte". Und das will man ja auf gar keinen Fall.

„Komm, lass uns weiter fahren, dann kommen wir heute noch bis hinter den Sankt Gotthard-Tunnel und sind morgen im Laufe des Tages zuhause."

Wir stapelten unsere Tablets und ich brachte sie ins Restaurant zurück. Ronald und Joelle warteten am Eingang beim großen Hasen, den Joelle immer noch bestaunte. Mit einer Größe von 2,50 Meter war er auch für ein Kind recht beeindruckend.

Ich nahm Joelle an die Hand und wir gingen Richtung Wohnmobil.

Ronald öffnete die hintere Tür und ließ die Treppe hinunter. Normalerweise würde schon beim Öffnen der Tür ein Stück Hundekopf sichtbar und ein erwartungsvolles Schnaufen zu hören sein. Aber es blieb still.

„Matzi, wo steckst du?", rief da plötzlich Joelle. „Mama, wo ist Matzi?"

Ich hielt die Luft an und starrte Ronald an. Mir war heiß und kalt. Für einen Moment blieb die Erde stehen. Der Moment der Wahrheit war gekommen.

„Weißt du Schatz, Maxi war doch schon so alt und wurde ganz plötzlich krank. Da haben Mama und Papa sie in ein Krankenhaus gebracht und dort ist sie dann gestorben."
Ich atmete immer noch nicht.
Joelle machte große Augen und guckte nur ungläubig.
Es war die Hölle.
„Maxi ist jetzt im Himmel und sie spielt dort mit allen anderen Hunden, die auch im Himmel sind und sie hat viel Spaß. Sie war einfach nur alt und müde. Keine Angst, Süße, es geht ihr gut. Du musst nicht traurig sein. Es ist für sie besser so."
Ronald gab wirklich alles. Ich bewegte mich nicht, wartete einfach ab.
Joelle überlegte wohl, denn sie sah Ronald an und man merkte, dass sie das alles erst mal in ihrem kleinen Köpfchen sortieren musste.
Dann blickte sie plötzlich nach oben, sah mich an und sagte: „Schade!" und stieg ins Wohnmobil.

Es musst erst ein ganzes Jahr vergehen, bis Joelle sich mit Maxi´s Tod auseinander setzte. Es war im Juli 2007, als Joelle plötzlich ein Foto von Maxi hervorholte, es liebevoll streichelte und abends mit in ihr Bett nahm. Sie malte jeden Tag ein Bild für Maxi und wir mussten es auf den Balkon legen, damit sie es sich dann nachts holen konnte. Joelle malte sich aus, wie Maxi nachts auf die Erde kam und uns besuchte, um nachzusehen, dass es uns gut ginge.

„Mach dir keine Sorgen, Mama, Maxi beschützt uns schon", war ihr Standardsatz. Sie freute sich, wenn sie morgens den Balkon betrat und das Bild verschwunden war.

„Mama, Maxi hat bestimmt alle meine Bilder in ihrem Zimmer im Himmel aufgehängt", sagte sie freudig und malte eifrig weiter an einem neuen Bild.

An Heilig Abend besuchen wir in jedem Jahr ein kleines Kloster in unserer Nähe, das immer eine sehr schöne Weihnachtskrippe ausgestellt hat. Hier stellen wir jedes Jahr Kerzen auf für Ronalds verstorbenen Bruder, für meine Oma und alles was uns wichtig ist. Wir danken für ein schönes Jahr und hoffen auf ein weiteres. An Heilig Abend 2007 sagte Joelle, nachdem sie sich eine Kerze ausgesucht und angezündet hatte:
„ Meine Kerze ist für Maxi, damit sie es heute Abend auch schön gemütlich hat."

Und dieses Ritual hat sich bis heute nicht geändert sowie die Tatsache, dass wir nicht in Italien Urlaub machen.

Diese Geschichte ist wahr und kann nur das Leben geschrieben haben.

Mein Mann und ich haben sie im Laufe der Jahre so oft erzählt, dass ich dachte, ich muss sie zu Papier bringen.
Wir haben gelitten, gelacht, geweint und unendlich viel mitgenommen aus diesem Erlebnis.
Maxi wird uns für immer in Erinnerung bleiben, nicht nur durch ihren besonderen Tod, sondern wegen ihrer einzigartigen Art, menschlich sein zu können. Maxi eben!

Danke

Einen großen Dank an meine Familie, die mich ohne Einschränkungen so nimmt wie ich bin. Sie ist mein Mittelpunkt, mein Denken und Handeln.
Danke an meine Tochter Joelle, die den Boxer mal eben so für mich gezeichnet hat und die immer behauptet, sie könne nicht malen…
Danke an meinen Mann Ronald, der diese Geschichte mitgetragen und mich unterstützt hat und mit Rat und Tat zur Seite stand.
Und danke an meinen Sohn Paul, einfach weil er ist wie er ist.

Bedanken möchte ich mich auch bei meiner Arbeitskollegin, Beraterin in allen Lebenslagen, Mittagspausenpartnerin, Zuhörerin, Erzählerin der lustigsten Geschichten rund um das Eheleben…

… bei meiner Freundin Brigitte, die meine Geschichte gelesen und auf ihre Weise ergänzt hat, sich den Film dazu schon gut vorstellen kann sowie die Vergabe der Rollen.

Sie ist ein großer Italienfan und musste auf der einen oder anderen Seite doch auch ihren ganz eigenen Kommentar abgeben. Recht hat sie, wenn sie sagt, dass Ronald nur dieses eine kleine Stück von Italien kennengelernt hat und es noch ganz viele wundervolle Orte und Ecken gibt, die er einfach kennen muss, um sich ein solches Urteil zu erlauben.

Vielleicht sollte ich einmal eine Rundreise nach Italien für uns planen? Irgendwann, in den nächsten Jahren vielleicht…im nächsten Leben!